岸 芷 ◎ 著

寻

诗集

如果我知道
自己会成为一名诗人
我会 拒绝出生
然而 命运让我
别无选择

北京燕山出版社
BEIJING YANSHAN PRESS

自　序

樱花　落在画笔上

这篇自序一拖再拖，始终难以完成。数月来，我无法进入写作状态，尤其无法回到诗歌世界。回看这本即将出版的诗集《寻》，有一种隔世之感。从前，我的诗是一座花园，玫瑰、百合、薰衣草、迷迭香，开满人间。而今，瘟疫、铁链和战火，摧毁了童稚，摧毁了午夜的花园。深夜，不时会有一个幽灵从体内爬出来，在黑夜与黎明之间游荡。在居家隔离的日子里，一种隐隐的疼痛若隐若现，往昔的诗句落满了尘埃，虚空已被麻木填满。

> 如果我知道
> 自己会成为　一名诗人
> 我会　拒绝出生
>
> 然而　命运让我
> 别无选择地　写诗
>
> ——《墓志铭》

自
序

　　我从未想过自己会成为一名诗人，更未曾想过有生之年会遭遇如此罕见的瘟疫，会眼睁睁看着这么多人群体性死去，会亲历如此多的苦难。我宁可希望我的诗是矫情的，是无病呻吟，是风花雪月，是一个渴望爱情的女人独自面对的一场自恋，而不希望它们别无选择地要被苦难浸染。这些洁净的诗句容不得半点污浊，我祈求黑夜和苦难能够放过它们，它们是如此稚嫩和纯净，还无法去感知弥漫于大地的忧伤与绝望，更无法去承受那些连上帝也无法拯救的人间苦难。

　　　　我为一种使命而生
　　　　延长生命
　　　　延长一株植物的生命
　　　　延长一条河流的生命
　　　　延长人类的生命

　　　　　　——《这　不是秘密》

　　我的父母及弟弟皆死于癌症。过早经历丧亲之痛，让我深切感受到生命的脆弱。尤其是弟弟的死，让我陷入绝望。2015 年 10 月 9 日，得知弟弟患癌的那天，一夜无眠。第二天一早，去妙果寺上香许愿，我五体投地，虔诚地跪拜神灵，祈求佛祖让弟弟活下来，哪怕多活五年，不！哪怕三年。弟弟与癌症抗争的日子，我刻意回避了。我无法亲眼见证他的离世。我无法面对，甚至难以想象，一条活生生的年轻生命，10 月 9 日查出癌症，同年 12 月 30 日就死去。我做了逃兵，逃离了他的临终惨状，逃离了他的葬礼。无数个夜里，我低声啜泣，我失声痛哭。有时半夜惊醒，会击打一下自己，希望这一切只是发生在梦中。

　　生命，如风中的樱花落在画笔上。我总想抓住一些什么，留住一些什么，去寻找一些什么。一种无助感、疼痛感和虚无感，不时会从深夜里爬出来，噬咬着我每一寸肌肤。

　　就这样，我开始用诗歌来拯救自己。写诗是一种疗愈，也是一种自救。在写作的过程中，我逐渐意识到自己肩负着某种使命，我要用文字来延长生命，延长一条河流的生命，延长人类的生命。我要用文字来留住美好，点亮星辰。我要用文字来对抗人类所有的苦难和有限。

　　　　一个人　行走在
　　　　一条又黑又长的小巷
　　　　一个人　生长在
　　　　令人窒息的寂静中

　　　　我几乎被洗劫一空
　　　　父亲　母亲　弟弟
　　　　只能在天堂　将我拥抱
　　　　我应该大病一场
　　　　忘却这苦难和错误的信仰
　　　　在门槛外的荒野
　　　　点燃火把
　　　　将流浪的月亮　寻找

　　　　这个世界　不再需要诗歌

　　小巷　又黑又长

　　幸亏有你——哥哥
　　即使
　　只是一个温暖的名字
　　一句简单的问候
　　来自遥远的富士山下
　　就足以　将这悠黑的小巷　照亮

　　——《哥哥》

　　这首诗是在 2017 年春节探访海子墓地后，返回温州的动车上写的。一路写，一路流泪。写完后，只要一回味，就忍不住落泪，我沉浸于诗中，半个月也无法走出来。

　　"一个人　生长在 / 令人窒息的寂静中"，这是我生命的真实写照。一个人过中秋，一个人过春节，多年的离群索居，让我体内积聚了巨大的能量，这些生命的能量挤破胸腔，流出体外，就变成了诗。

　　你是天堂的父母　赐予人间的哥哥
　　我要将生命中　所有的能量
　　都献给——诗歌
　　还有你——哥哥

　　幸运的是，绝望之中，我遇见了爱情，即使只是一朵镜中的玫瑰，它是如此美丽，赐予我如此多的勇气与灵感。爱情，让我爱上了大地的碧绿，爱上了世间的一切。他的出现，改变了江河的流向，改变了一部小说的结局。写作，不再是一剂续命的药。

我爱你

隔着尘世灯火　去爱你

隔着一条长长的边境线　去爱你

我爱你

用一个诗人独特的敏锐与笨拙　去爱你

用一个孤独症患者的胆怯和紧张　去爱你

我爱你

空荡荡　三个字

有些遥远

有些麻木

有些荒芜

却　沾满了泪痕

——《我爱你》

有一种爱，没有风花雪月，无一饭一蔬，闪耀如夜空的星。

我的爱是纯粹的，纯粹得如同珠峰的积雪。我的爱是神性的，是如此深远而辽阔。我的爱是孤寂的，无穷无尽的孤寂，无边无际的虚无，大海如此，天空如此，有一种爱情，也如此。

我对诗歌的热爱，是病态的。命运让我别无选择地写诗。诗歌已经不只是我生命的一部分，而是身体的一部分。是诗歌让我在这个反诗性的年代，得以苟延残喘。不写诗，我会死。

诗歌已经超越爱情

和肉体长在一起

月亮和星星　取代了食物

青草和花朵　取代了荣耀

一个女诗人

不知疲倦

不分昼夜

在追逐太阳

追逐月亮

唯有　火焰能将她喂饱

——《诗歌已经超越爱情》

夜深人静，指尖敲击键盘的声音，夹杂着心跳声，这些美妙的声音，淹没了俄乌边境传来的炮火声。灾难可以摧毁生灵，摧毁房屋，摧毁一切建筑，却无法摧毁这残余的一点点诗意。

3月19日原定于上海人民公园户外写生活动，因为疫情取消了。此刻的我，坐在窗前，隔着玻璃，远远地，想象着花谢花飞。

樱花　落在画笔上

飞舞的花瓣　是风的嘴唇

亲吻　泥土

亲吻　河水

亲吻　天空

画下　一只飞鸟
画下太阳　画下风的亲吻

等待　战火停歇
等待　铁链熔化
等待　文明苏醒

等待　被囚禁的文字　冲破牢笼
等待　心爱的人　踏上归程

——《等待》

这本诗集历时五年，从一千多首诗歌中精选而出，是我的第一本诗集。在此，我要感谢陈野风先生和董总让诗集得以顺利出版。也感谢好友乔晶，是她多年的鼓励，让我得以度过人生至暗时刻，让我能够在孤独的文学之路上坚守至今。

我还要感谢某位作家，感谢他赐予我如此美丽的笔名。岸芷，这个清雅的名字，让我不时想起风中摇曳的绛珠草，不时想起葬花的黛玉。

我希望能像黛玉一般美丽、诗性和悲悯。

灾难面前，写诗，是可耻的，不写，也是可耻的。有些诗写完之后，彻夜难眠。多年来，我用诗歌来疗愈自己，用灵魂竭力呵护自己的童话世界。这些诗句是我内心的原始呈现，是灵魂深

自序

处发出的颤音。但愿，在这个诗意日趋枯竭的时代，能给你带来些许感动，能让你的泪点降低，让你更加珍爱这世间的一草一木。

我不在乎我的作品是现在被人读，还是子孙后代来读。爱伦·坡可以花一个世纪来等待读者，如果生命足够长的话，我可以再花几十年来练习写作，如果足够幸运的话，哪怕花一千年等待读者，又有何妨！

百年后的人们
请摘下我墓前的花朵
一朵献给——海子和顾城
一朵献给——海洋和夜空
还有一朵　留给窗前的流星
是她们　陪伴我度过每一个温良的夜晚
是她们　让这个来自宇宙的孩子
在尘世找到生存的土壤和清泉
请摘下　这些白色花朵吧
她们　是星星遗落的眼睛

——《请摘下我墓前的花朵》

2022 年 3 月 18 日　岸芷　于上海

目 录

CONTENTS

目
录

寻

目
录

寻

目

录

目录

寻

果壳中的孩子

我是一个躺在果壳中的孩子
在黑暗中　吮吸着自己的拇指

爱你和写诗
成了生命的唯一

你是我通往尘世的一条脐带

是果壳中唯一的裂缝
是一束光
黑暗中
淌进了我的心田

无法说出的爱

无法说出的爱
让我披衣坐起

透过窗外　悠远的夜空
我看见北方的星辰

我将思念种植在月宫桂树下
藏于我墓旁的花瓣

我要把它呈现给
多年后
经过我墓地的你

致——

你潜伏在血液里
闪耀于　我的灵魂深处

你点燃闪电
你照亮寰宇
你凄美了爱情

是你　让万物生生不息

你总是　泪水涔涔
却不是为了个人的不幸

当我重新拥你入怀
我便拥有了一切
——阳光　青草和空气

在你的生命中
我　看见了一切生命

致
—

哥　哥

一个人　行走在
一条又黑又长的小巷
一个人　生长在
令人窒息的寂静中

我几乎被洗劫一空
父亲　母亲　弟弟
只能在天堂　将我拥抱
我应该大病一场
忘却这苦难和错误的信仰
在门槛外的荒野
点燃火把
将流浪的月亮　寻找

这个世界　不再需要诗歌
小巷　又黑又长

幸亏有你——哥哥
即使
只是一个温暖的名字
一句简单的问候
来自遥远的富士山下
就足以　将这悠黑的小巷　照亮

向茨维塔耶娃致敬

擦干眼泪
没有什么　值得你流泪
你的泪　不为自己个人的不幸

你的泪　无比珍贵
每一滴泪　是血液　是海浪
是夜空的繁星
是大地的战栗

在不该笑的时候　发出爽朗的笑声
向茨维塔耶娃致敬
以燃烧　以火焰

三个宇宙

这个世界　有三个宇宙
一个是真实的宇宙
日月是日月
河流是河流
正如　此刻　凌晨六点十二分
街上　疲于奔波的行人
和匆匆驶过的早班车

一个是　人类认知的宇宙
它改变了　日月的形状
海水枯竭　河流断流
向日葵　扭曲变形
黑夜和丑陋　在呈现

一个是诗歌中的宇宙
用词语　构建的新宇宙
是　天空的云　轻盈　缥缈
变幻莫测　如梦似幻

这三个宇宙
同时　存在于我们的生命中
就像三条平行河流

终归流入大海
却　各有各的路途

这三个宇宙
是　三只小船
一只行驶在江河
一只停靠在湖泊
一只在大海中永久漂泊

三个宇宙

铁　轨

凄风冷雨
一条铁轨伸向远方
一层薄薄的玻璃
将世界隔成两半
思念像铁轨一样绵长
无法分清
铁轨是诗人
还是诗人是铁轨
每一根枕木
都浸透着诗人的气息

与月亮的距离

今夜　月色很美
你有多久　未能抬头望月

月亮总能窥见　人间的隐秘
比如　藏在鸣沙山里的那些秘语

清风朗月　秋叶飘零
见证着　人间的悲欢离合
见证着　万物一次次的轮回

那年　我独自一人
追赶着月亮　在西北大漠
月亮　离我很近
你离我　很远

那一刻　对月亮的依赖
甚于对你的依赖

今晚，一句——等着我
让我彻夜无眠
忆起　未名湖的月亮

寻

瞅着　夜空这轮即将圆满的月亮
我陷入沉思
开始探索　你与月亮的远近

倘若搭一张梯子　在月亮下面
顺着藤蔓爬上去
能找到什么
是一朵深情的玫瑰
是今非昔比的某个人
还是　另一个自己

我用什么才能留住你（仿博尔赫斯）

我用什么才能留住你
我给你　镜中的玫瑰　美丽的诗句　纯净的灵魂
还是　写作时被泪水浸染的墨迹
我给你　坚定的信仰　病态的执着
还有　旺盛的生命力

我给你　一个不食人间烟火的女人　特有的笨拙与灵性
我给你　一尘不染　绵绵不尽的爱意
给你　最真实的欢笑、心疼与眼泪

我给你　最真挚的批评　最真切的疼痛
我给你关于你的自由、真实、随意的存在

我给你　江边捡拾心形鹅卵石时的惊喜
我给你　除夕之夜　寻找海子的虔诚
……

不　这一切　我都不会给你
我只给你时间
时间的玫瑰
会催开生命中所有最温和的记忆

我用什么才能留住你（仿博尔赫斯）

连体儿

一个可笑的念头
在脑海中涌现
但愿
我俩是一对连体儿
共用一颗心脏
任凭最先进的分割术
也无法将你我分离

墓志铭

如果我知道
自己会成为　一名诗人
我会　拒绝出生

然而　命运让我
别无选择地　写诗

我知道　人们会死
我要在诗中　让他们　复活

一场秋雨

一场秋雨
夜空是灰色的
我触摸不到你
你我之间
仿佛隔着一堵厚厚的墙
我轻轻拉上窗帷
扶着自己　走向书桌
写不出一行字

多么希望　这只是一场梦
多么希望　这不是一场梦

从地铁口出来

从地铁口出来
走在大街上
走在暮色中　日复一日

还有　多少年
或将　走进生命的终点

这些生命的能量
会流向何方
是　化作大海的涛声
还是　樱花的香气

步履匆匆
走过十字街头
走过蓝色的大学校门

花瓣　在风中　飘落

我要夺回你

我要夺回你
从樱桃树的根部
从空荡荡的秋千上
从咖啡　足球　诗歌中　夺回你
从这些冰冷的药丸　及医疗器械中　夺回你

我要发出爱的能量
让这些爱　这些深深的爱
这些无欲无求的爱
流入天堂　流入地狱
从死神手中　夺回你

我要不停地写
不停地写
写到冰川融化
写到海洋流入天空
写到病魔怯逃
写到死神忘记了时间

写作　不再是一剂续命的药

一路　颠沛流离
遇见　残忍的四月
遇见　荒诞的七月
遇见　一个不可触摸的梦

一颗同样高贵的灵魂　出现在此处
一种洁净的爱　一步之遥

你的出现
改变了江河的流向
改变了一部小说的结局

写作　不再是一剂续命的药

写作　不再是一剂续命的药

母 亲

母亲在老屋的矮凳上想我
一如既往
不时朝村口通往县城的路张望
母亲在门前晒太阳
翻阅我写的诗
轻声朗读：
早晨是一只花鹿踩到我额上
世界多么好……

春去秋来　面对纷纷来访的人们
母亲在屋角抹眼泪
春去秋来
母亲不敢看我的画像
从不在我的塑像下停留

今天是我三十周年祭
人们在我坟前祭拜　献上白菊　百合　还有美酒
母亲没有来
母亲在老屋的矮凳上抹眼泪

母亲啊　您是否知道
此刻的我　在深深忏悔

如果时光可以倒流

我会娶妻生子

将您接到京城

让孩子们陪您逛王府井

如果时光可以倒流

我会平静地陪伴在您身旁

劈柴　喂马　做一个幸福的人

如果时光可以倒流

我会重新回到您的腹中

再次诞生　再一次叫您一声　妈妈

（谨以此诗献给海子的母亲）

母
亲

莫高窟

一条活了千年的生命
横躺在茫茫大漠
像一尊涅槃的大佛
一个个石窟
在努力寻找生命的出口
苍凉—神圣—孤独

宁静的道士塔　在忏悔
干涸的宕泉　在等候

有人骑着骆驼
不远万里　带走瓷器和丝绸
有人怀揣一颗朝圣的心
来触摸华夏千年的瑰宝

攫取几根线条
模仿一段舞姿
就足以让世界倾倒
也让现代化城市
失去骄傲

鸣沙山　月夜

中秋之夜
游人渐渐　散去
孤寂的鸣沙山
芦苇荡里　鸟儿不再啁啾

一轮满月
停在月牙泉的泉水中

我将思念　和　"爱你"
深深地　埋在黄沙中

一千年　一万年
等待你　从这里经过

冬日沙滩

我哭了
在这片空旷的沙滩上
朗读着顾城的诗

我哭了
有一种感动
像一只失恋的白鹭
将羽毛遗落在我心头

我哭了
为水鸟的歌声
为鹅卵石间的一湾清水
为遗落江中的一顶旧草帽

我哭了
为我的听众——
旧木桌—蓝天—白云
——还有顾城

我哭了
想起你
如同一个梦
不可触摸

致海子

你用瘦弱的身躯
撑起这本厚厚的诗集
你的老父亲
将两块石头——你从西藏抱回的石头
砌成你的墓碑
一道白色的幕墙
使你在松林中得以呈现

你的诗行——是一团
火焰
使大地
微微战栗
你的半截的诗
一半在地里埋着
一半藏在我的血液里
不知从何时起
我写出的诗句
前半句是我自己
后半句是你

午夜时分
你

寻

悄悄走来

像一束月光

落满空空的酒杯

你是否知道

此刻

一个女诗人

已经爱上了你——海子

乘着爱的翅膀

乘着爱的翅膀

亲爱的　请随我飞翔

去那秀丽的村庄

聆听孩子们的坚强

金灿灿的柿子和香柚

静静地　等候

一缕缕爱的阳光

月季　悄悄绽放　在青石的路旁

醉人的芬芳

驱散了雨后的清凉

漫山迷雾

为我们指路引航

一条条　溪涧

轻轻　吟唱

将绵绵的爱　流淌

村口闲逛的小鸡

停下来　静静凝视着

孩子们　期盼的目光

河畔　洁白的芦苇

寻

恰若　三月的柳絮　轻盈飘荡
将　今夜的星空点亮

乘着爱的翅膀
亲爱的　请随我飞翔
飞越这秀美的村庄
去那更遥远的地方

（这首诗为关爱山区贫困儿童的公益活动"我想有间房"所写）

我是宇宙的孩子

我是　宇宙的孩子
地心引力　牢牢拴住我的身躯
却无法阻挡　一颗飞向宇宙的灵魂

岁月　在摧残　美丽的面容
却无法削弱　一颗日渐丰盈的心灵
疾病　可以吞噬生命
黑夜　随时　可能降临
却怎能　熄灭　我点燃夜空的梦

我是宇宙的孩子
易逝的青春
凋零的花瓣
凄美的爱情
无尽的孤寂
湮灭不了　生命燃烧时的赤诚

我是宇宙的孩子
以梦为马的诗人
将生命之火　高高举起
将凋零的花瓣　绘成美景
将绵绵的爱　撒向太空

寻

无惧　闪电与雷声
哪怕　漂泊　再一次降临

死亡　夺去的只是躯体
文字　却能让生命永恒

如　果

如果
能在这么美的江边
在七夕的夜晚
与你重逢

如果
能有一次深深的拥抱　再别离
我相信
江边卖花的老妪
会又一次为我们送上一枝玫瑰

如果
我来世上一遭
只是为了与你相遇
只是为了完成我所作的每一首诗
如果
爱情只是一场大病
那么　就让一切疼痛快点消失吧
我将不再在深夜里哭泣
我会悄然引退
用烈火在心脏上刻下纹理

如
果

寻

今夜　思念如此绵长而忧伤
像断线的珍珠　洒落一地
我微笑着　将它们一颗颗捡起
串成一首首美丽的诗

今夜无法入睡

今夜　无法入睡
我有写不完的爱意
我的身躯被切成　一段段诗句
所有的爱　随着血液在流动

亲爱的　人们
当我离去
请不要流泪
我是如此静谧而不是伤悲
请将我的骨灰撒向大海
我会在波涛中泛起银辉

亲爱的人们
当你孤独的时候
请读一读　这些诗句
她们会陪伴在你身旁
抚摸你轻柔的发丝
当你陷入爱情深渊
她们会告诉你
世间所有爱情　都是忧伤伴着美丽

当你被病痛折磨、经济拮据　或失去亲人

寻

请读一读　这些诗句
她们　是夜空的星辰
只要　你抬头　望一望天空
就会有一颗星星
坠入你的怀中

绝望中　遇见了你

绝望中　遇见了你
——我生命中的灯塔
失去双亲的疼痛
与生俱来的使命感
让我们在绝望中共鸣

相似的苦难
相同的志向
成为后世子孙的希望灯塔
是我们对未来共同的约定

绝望中　遇见了你

错 过

一幅晦涩的抽象画
独挂墙壁
沉默百年

一块陨石
深埋地下
孤独亿年

我是你身边的普通人
匆匆一别
错失千年

吉他声声

你有你的墓志铭
我有我的墓志铭

你想死后　将骨灰撒在樱桃树的根部
而我渴求　留在大海深处

千里之外
在布满爬山虎的墙脚

传来　吉他声声

爱之于我

无论　人间有多少化蝶的悲剧
有多少　不能终成眷属的遗憾

我都相信爱情
相信一见钟情

爱　就像窗台这盆绿萝
生机盎然　扑面而来

当所有的繁华和喧嚣　落尽
唯有爱　在生命中持续和永恒

爱之于我
是一场永恒的寻找
是血液　是灵感　是复活
是　被闪电击中
坠入深渊后的　粉身碎骨

在雨中

今夜无眠
空气中　弥漫着爱的温馨
天空　布满你疲倦的身影
到处闪耀着　你疼爱的眼神

今夜无眠
在雨中奔跑
在雨中仰望天空

我要将你
融化在这雨中
将所有的爱恋　掷向夜空
将你赐予的所有幸福
告诉每一个人

亲爱的
请你不要对我太好
你浓浓的爱　已经漫过胸口
幸福的泪
无声地滴落　在雨中

爱你
让我爱上了北方的天空

在
雨
中

邂 逅

烈日和湖水
让我频频回首
怀想那无声的邂逅

有人微笑
天空融化了
有人抬头
湖水颤动了

那微微上扬的嘴角
那明亮的眼眸
停留在云层之上

世间本无白娘子
何处觅断桥

不是每一条河流
都在流向海洋

不是所有的落花
都能带走忧伤

不是天下有情人
都能终成眷属

遇见你之前

遇见你之前
从未相信
一见钟情

遇见你之后
从未怀疑
死后有灵魂

无数次
欲言又止
无数次
欲语还休

静静等待　秋叶飘落
等待　荷叶长满湖泊
等待　雨后　梨花满地飘

寻

遇　见

总有一种不期而遇
出现在你的生命中
在某个瞬间
温暖着你
让你泪水涟涟

多年的迷惑
在逐渐消逝
千年的寒冰
开始融解
多年的孤独
瞬间有了温度

总有一种理解
不经意间
出现在你的生命中
你以为　你将永远在　镜中与镜外徘徊
你以为　你将孤独千年

直到某一天
有这样一种遇见出现
它　与美貌　财富　地位　无关

只关乎灵魂

你惊诧于它的不可思议
你甚至无法消化
这种相遇的神奇

你终于相信
冥冥之中
有一种超能量存在
它在创造某一种遇见
来引领你
完成身负的某种使命
去见证和开创
生命中更多的爱与惊奇

遇

见

寻

有一朵花
永不枯萎
有人将她种在镜中

有一片树叶
不随秋风　飘落
她　化作了傍晚的云

有一种　美
不被岁月摧残
她　藏于永恒之中

有一种爱
没有风花雪月
没有一饭一蔬
闪耀如夜空的星

有一片僻静的荒野
不被黑暗　侵袭
有人在用灵魂呵护一生

从前，我的诗是一座花园

从前，我的诗是一座花园
玫瑰　百合　薰衣草　迷迭香　开满人间

花园里，有葬花的黛玉
有化蝶的梁祝
还有　坐在花丛弹唱《斯卡布罗集市》的莎拉·布莱曼

如今，我的诗　只剩下一团烈火　抑或怒火
玫瑰枯萎　百花凋零
一片荒芜

烈火　烧毁了　童稚
烈火　摧毁了　午夜的花园

这个世界　不再清澈见底
灾难和荒诞　玷污了我的诗

本来就没有翅膀

本来　　就没有翅膀
何必　　渴望飞翔

本来　　就是凡胎肉身
怎能　　不食人间烟火

何必　　在商业的痛苦中
在冰冷的高楼大厦里
寻找　　诗意

在病态的世界
病态地　　活着

用孤独　　杀死　　孤独
用荒谬　　杀死　　荒谬

用庸俗　　抵御庸俗

囚　禁

囚禁　于一幅自画像
囚禁　于一张蛛网
囚禁　于一座孤岛
囚禁　于一个果壳
都能通过词语　将自己
从　有限中　解救出来

囚禁　于大地与云层之间
是痛苦的

无法　回到　地面
无法　抵达　天堂
也　无法　坠入地狱

囚禁于　夜晚与黎明之间
也　是痛苦的

当黎明　抵达之时
词语　就　消逝了

囚
禁

抽烟的蒙娜丽莎

长胡须的蒙娜丽莎
白纸上只剩两撇胡须的蒙娜丽莎
去掉胡须还原的蒙娜丽莎

马路上　街头艺人
粉笔画下的蒙娜丽莎
卢浮宫　被展览　被围观的　蒙娜丽莎

她是在微笑吗
还是在忧伤
这个不男不女的家伙

你看见的是微笑
我看见的　只有
眼泪和忧伤

黄昏，蒙娜丽莎
逃离卢浮宫
在酒吧
在街头
抽着烟
恶狠狠地瞪着
形形色色的人
大笑

裂　缝

生命　有一道裂缝
每个人都有一道无法碰触的伤口

它　就在那儿
永远　无法愈合

时光　治愈不了
爱情　治愈　不了

它存在　最幽深的心灵之湖
不时　会从水底跃起

能逃离吗
能遗忘吗

除非　哪一天
你将它带进坟墓

裂
缝

湖　畔

美丽的湖畔
阳光照着草地
你微笑着　站在杨柳下
像等待心爱的恋人

但　这不是爱情
这　只是一池湖水
在迎接一只勇敢的水鸟

爱情　会生长　会消亡
而你不会
你永远在那儿
在遥远的北方
在湖畔
朝我微笑
等着我　跋涉着　向你走去

一见钟情

一个微笑
改变了海洋的流向

一个微笑
催开了沉睡的花朵

今晚，你的微笑
和月亮一道升起
照在我写作的手上

在这样的夜里
你纵使拥有整个宇宙
而我　只须采撷一束玫瑰

不知　积聚多少福报
才能与你相遇

不知多少前缘未了
才能与你相恋

不知在佛前祈祷多少万年
才能与你　一见钟情

鸟 鸣

凌晨三点五十二分　醒来
无意中发现：
黎明与黑夜的边界是：鸟鸣

我凝视着黑夜
凝视着手中的笔
凝视着自己的心
凝视着它的每一次跳动
在将我　推向更广阔的天空

原以为　可以离群索居
安静地　和这个世界和平相处

无奈　梦　被鸟鸣叫醒
无论怎样努力
再也回不到梦中

美丽的楠溪江

心啊

你为何　欣喜若狂

你和我

今晚　准备着出行

带上狄金森

带上　海子　顾城

哦　还有　阿多尼斯

这个脾气古怪的老人

可　不能将他遗忘

带上明艳的衣裳

带上画板　带上舞鞋　带上阳光

去漂流　去流浪

心啊

今晚

我将你设为闹钟

当明朝的第一缕霞光　透过纱窗

请你一定　一定要将我唤醒

我要好好装扮

装扮成一只水鸟

飞向美丽的楠溪江

你永远无法买下我的诗

你永远无法
买下我的诗

一百万　一千万　一个亿
也只能买走迷失的七月

我可以一个月　不写诗
七月　不写诗
却无法　八月不写诗

我可以忙忙碌碌
忘记天空的月亮
忘记流动的河水
忘记正在发生的一切

但是　无法忘记　北方的八月

思 念

黑夜中
突然撞见你的脸

疼痛
在黑色的鞋子中
关押了九个月
沉闷　窒息

终于
我可以不再刻意
切断与你的一切关联

终于
我可以去回忆了
不再胆小得
无法面对你的葬礼

终于
我可以去写了
不至于悲伤得死去

终于

寻

可以像普拉斯写《爹爹》一样
去斥责　去痛恨你了

疼痛像血液
喷涌而出　无法停止
眼泪无法流出来
浑身　微微战栗

那凄冷的墓地
未曾见过的墓地
一直想去拜祭
一直在逃避的墓地

像黑暗中的一只虫豸
撕咬着每一寸肌肤

十月来临
十月九日来临

黑夜中
又一次撞见你的脸

终于
我可以写了
我必须写了

终于
眼泪流出来了

剧烈的疼痛
深深的恐惧

流水落花
天上人间

思
念

两只麻雀

两只麻雀　飞来
停在　石阶上
接着　又飞来　一只

我静静地　看着它们
飞走　又飞来
远处　传来布谷的啼声
桂花的香气　一阵一阵

湖面　波光粼粼
睡莲　平静如水

就这样　在石阶上　听雨
一句温暖的问候
来自千里之外
西湖的水　瞬间有了温度

行走在——

沉甸甸的一部小说
要用一生来寻找
永远在路上
行走在　大地与云层之间
行走在　黑夜与白昼

宝石山下　听雨
断桥边　静坐
查家湾麦地里　回眸
游荡于　一个我　与另一个我之间

囚禁于　两段地铁站
囚禁于　一幅自画像
囚禁于　大地与天空
囚禁于　过去的我　与未来的我

是一条瀑布
坠入深渊　才是飞翔

是一个果壳
只有炸裂　才是燃烧

行
走
在
—
—

寻　　　是一个居住于树洞里的孩子
　　　　营养不良　只能与飞鸟为友

　　　　一个人　独自行走
　　　　在雨巷　在荒原　在泥淖

　　　　直至　某种神奇的力量　呈现
　　　　这部小说　终于逃离绝望
　　　　最终有了　暖色的柔光

有一种爱情　叫孤寂

有一种爱情　叫孤寂
黑夜　孤寂
燃烧后的灰烬　孤寂

无法触及的　爱情
难以治愈的　孤寂
梨花带雨
黑暗之中
纷纷坠落

无穷无尽的虚无
无边无际的孤寂
大海如此
天空如此
有一种爱情　也如此

有一种爱情　叫孤寂

原　谅

有一种高贵的遇见
让你原谅了　世界所有的残缺

原谅　一切
原谅　黑夜带来的苦痛
原谅　他人
也原谅　自己

原谅　月亮的阴影
原谅　玫瑰的棘刺
原谅　人性的弱点

原谅　镜中的幻象
原谅　爱情的易逝
原谅　世间的悲欢离合

一切终将结束
一切也终将到来

人类只是地球的客人

人类　只是地球的客人

当我们被关在笼内
植物　动物　山川　大地
却愈发美好　一片祥和

青草　桃树　飞鸟　甚至蝴蝶
比我们强大许多
没有我们　地球毫发无伤

千万年前的恐龙
曾经　生机勃勃
如今　只剩下博物馆里　骨架一副

人类未来何在
一如　灭绝的史德拉海牛、阿特拉斯棕熊
还是　如巴巴里狮子

人类　暂时地栖居
如果一如既往，任意砍掉一棵苹果树
随意毁灭一条河流
最终，只能流浪于宇宙　生死未卜

时刻记住！人类是地球的客人　而非主人
不然，博物馆的化石　不再是恐龙　而是你我

麦 地
——献给海子

麦地，你无力阻挡

无力阻挡

我来到这里——诗人沉睡的这片土地

枕木下殷红的血迹

早已化作落日的余晖

被大地劈开的骨头

砌成了诗歌墓碑

麦地，你无力偿还

无力偿还

未完成的《大札撒》

在诗人的书桌沉睡

无力偿还

天空永久弥漫的伤悲

……

你瞧

荒野燃起了火堆

天空哀鸣的乌鸦

正在飞离

跑马场

风沙中
流泪的马眼睛
………
这一切，你都无力偿还

麦地，今夜
我站在了你痛苦的中心
和西西弗斯一起
和复活的诗人一起
在星空下
奔跑不息

麦
地

如果早点遇见你

如果早点遇见你
该有多好

我绝不　纵容你
过日夜颠倒的生活

绝不　允许
安眠药和咖啡　一起服用

不会　让你凌晨四点
独自　在小区漫步

失眠
陪着你失眠
写诗
陪着你　写诗
看球
陪着你　看球

哪怕　生病了
也　陪着你生病

每一行诗

每一行诗
是眼泪滴成
每一行诗
是血液在奔涌

每一行诗
是深入骨髓的疼痛
每一行诗
是诗人被撕成一片一片的灵魂

每一行诗
是失眠之夜　璀璨的星空
每一行诗
是诗人穿越黑暗的旅行

每一行诗
是诗人短暂而宝贵的生命
每一行诗
是神灵赋予世间的光明

每一行诗
是人类不死的欲望

每
一
行
诗

和渴望飞翔的眼神

百年后的人们
你们捧着的　不是诗集
是　诗人疼痛的心

如此空虚地想你

爱到失眠
爱到　黎明破晓时分

就这样　想你　想你　想你
就这样　一遍遍　循环地　想你

就这样　泪水流个不停
就这样　用尽千百种方法
也无法安顿自己

从未　如此空虚地想你
从未　如此痛苦地想你

那一眼
历经　三生三世的轮回

那一眼
让我　爱上北方的天空

就这样　空虚地想你
就这样　痛苦地　想你

如此空虚地想你

请摘下我墓前的花朵

百年后的人们
请摘下我墓前的花朵
一朵献给——海子和顾城
一朵献给——海洋和夜空
还有一朵　留给窗前的流星
是她们　陪伴我度过每一个温良的夜晚
是她们　让这个来自宇宙的孩子
在尘世找到生存的土壤和清泉
请摘下　这些白色花朵吧
她们　是星星遗落的眼睛

致父亲

你是一个巨人
只要稍稍将我　托举
我就可以触摸天空

你是天上的星辰
只要还有一扇　小小的窗
你的光芒　就能穿透心灵

你是一块无字的碑
静静地　躺在那儿
就足以　唤醒我所有的生命力

自　述

做过最疯狂的事
除夕之夜
独自一人深夜　探访海子墓地

记不住每日走过的街道
分不清五谷杂粮
经常迷路

在机场写诗
动车上写诗
甚至将诗句写在化妆盒上

不时流泪
并不是因为自己的不幸

拒绝长大
永远活在镜中
用灵魂竭力呵护自己的童话世界

永远在寻找
寻找永恒的美
永恒的爱
永恒的生命

不停地画

你不停地画
不停地画

画出胸中的滔天巨浪
画出五指山五百年的凄凉

画出梦中的江南水乡
画出冰雪正在融化

画出墙脚下长草的女人
画出漫漫长夜　鲜花还在开放

画出眼中的泪水
画出那朵逆阳生长的太阳花

画出一朵朵盛开的石榴
画出夜色中强拆后的悲凉

画出通向地狱的那扇窄门
画出花丛中的猛兽

画出人类至暗的时刻

不
停
地
画

寻

画出体内所有的能量

来自宇宙的孩子
企图将人类转移到更安全的地方

我终于找到了你

我终于找到了你
我最心爱的人
美丽的校园
你骑在一辆黄色自行车上
朝我微笑
融化了整个天空

每当疲倦袭来
透过悠远的夜空
我看见　幽静的湖畔
一个孤独的身影
在抬头遥望星空
那　就是你
我最心爱的人

我不再　迷失于森林之中
小径的尽头
燃着一盏灯
那是你　鼓励的眼神
我不再　在黑夜里流泪
星空布满你温暖的笑容
你的笑容时刻环绕着我

寻

伴我　月下写诗
陪我　漫步雨中

我们在睡梦中相拥
我们在星空下翱翔
一起　追逐自由的风
海洋　流向了天空

你是天堂的父母　赐予人间的哥哥

你是天堂的父母　赐予人间的哥哥

你给我戴上璀璨的玫瑰花冠
闪耀　如路旁的花朵

我要将生命中所有的能量
都献给——诗歌
还有你——哥哥

两颗相同的灵魂
一颗在跨越长江
一颗在穿越黄河

你领我——去向那神秘之地
跨过　如此的深渊
去寻找生命之湖

你是天堂的父母　赐予人间的哥哥

诗歌已经超越爱情

诗歌　已经超越爱情
和肉体长在一起
月亮和星星　取代了食物
青草和花朵　取代了荣耀
一个女诗人
不知疲倦
不分昼夜
在追逐太阳
追逐月亮
唯有　火焰能将她喂饱

午夜西湖

西湖　依旧　是那个西湖
断桥　依旧　是那座断桥

静静地　坐着
化作　一棵柳树
聆听　鱼儿从水中跃起
守候一湖的孤独

没有月光
没有忧伤
这是　雨中的西湖
这是　唯一的西湖
雷峰塔下
听不见　白娘子的哭声

一棵柳树　坐满整个白堤
一棵柳树　布满整个天空

担忧　湖水溢出堤岸
担忧　花落成河

镜　子

每日端坐镜前
凝视着镜中的你　憨笑
你身后的蓝天　蓝得发亮
当我走进镜中
你变成了镜外的一只陀螺
我留在镜中
再也找不到出口

孤独　不可言说

无法表达的爱

无法表达的爱
幽居胸口
隐隐作痛
病入膏肓
脑海中不断浮现的黑白影像
像大漠中的海市蜃楼
更像一条清冷的蛇
紧紧缠住了咽喉

秋　夜

秋夜渐浓
秋月正明
却写不出一行诗句

星星是寂静的
落叶是寂静的
满月是寂静的

思念在敲打着墙壁
思念在胸腔　寻觅着自由
思念在黑暗中游走
思念　布满了整个天空

穿越千里的是风

穿越千里的是风
秋天来了
黄叶飘飘

穿越千里的是飞鸟
从南方飞向北方

穿越千里的是爱
海洋恋上了天空

美

美　是所有的流动　生长　消亡
以及所有短暂的停留

美　是西湖的荷　丽江的云　古镇的桥
是爱　是火
是人类不死的欲望
是化蝶的梁祝
是夜空迁徙的候鸟

美　是一树一树的花开
一声一声的潮落
是荆棘鸟的歌声
是凤凰涅槃后重生的羽毛

美　是石林孤独矗立的阿诗玛
在月下　无奈地面对人世间的
悲欢离合

美　是寻找　是彷徨　是疼痛　是希望
是阳光下　一切的闪耀

一步之遥　一生横渡

一步之遥　一生横渡
我要在梦中走完这条道路
从一颗星到另一颗星
我要在镜中走完这条道路
从一个灵魂到另一个灵魂
我要在坟墓里走完这条道路
从此刻　到不朽

一步之遥　一生横渡

寻

在整夜的失眠里

思念　如秋天的落叶　飘落
爱　无法停留

一颗星
两颗星
三颗星　……

在整夜的失眠里
念着你的名字
心儿　潮起潮落

心啊，总是忧惧不安

心啊
总是忧惧不安
地球日复一日　旋转
人们日复一日　劳作
河流日复一日　流淌
心　一秒一秒
接近　死亡

心啊，总是忧惧不安

我总是喜欢遥远的事物

我总是喜欢遥远的事物
比如　高原的云朵
书中的桃花林
阿尔卑斯山的积雪
千里之外　那树海棠

喜欢静静凝视着
天空飘逸的云霞
慢慢消逝在远处的山峦

就像喜欢　一个梦
一幅画
一个永远　也到达不了的远方

我在黑暗中　写下

我在黑暗中　写下
我爱你
我在颤抖的琴声中　写下
我爱你
我在湿透的枕巾上　写下
我爱你
我在星空中　写下
我爱你

我在湖畔的岩石上　写下
我爱你
我在八月的天空中　写下
我爱你
我在我的墓碑上　写下
我爱你
我在来生　写下
我—爱—你

人为何一定会死

一阵强烈的思念　袭来
父亲　瘦如枯叶的身躯
永不能合上的眼睛
山岗上　三座坟冢
在夜色中　溢出的凄冷……
一切的一切　重现眼前

突然涌出的
除了眼泪
还有一句：
多么扯淡的宿命
人为何一定会死

迷　途

在一座孤岛上
我迷了路
人们从四面八方　涌来
朝我招手
我踟蹰着
不知走向何方
人们将小岛　团团围困
远远地　将我撕成了碎片

为 了

为了延长一朵玫瑰的花期
为了构建一种新的做梦方式
为了不死的欲望　在词语中永生
为了驱逐居于体内的这匹衰老的兽
为了有一个活着的理由——
我　写　诗

诗歌中一切都很美

诗歌中的村庄很静
诗歌中的天空很蓝
诗歌中的爱情很美

诗歌中
没有寒冬酷暑
没有落叶纷飞
诗歌中
夕阳　不会西沉
母亲　不会衰老
爱情　不会消退

诗歌中
没有台风肆虐
没有流离失所
没有饥寒交迫
没有战火纷飞

诗歌中
没有恐惧
没有疾病
没有死亡

诗歌中　一切都很美

（写于某次大台风之后）

如果你来看我

如果你来看我
我不会陪你去看海
我陪你去　一个遥远而古老的村落
那里　有我们梦中渴望的一切：
桃树、山泉、飞鸟
竹林、溪涧、麋鹿
山风　拂颈
小鹿　踩在额头

黎明时分
从鸟儿的鸣叫中
我们共同醒来
沐浴在玫瑰色的雾霭之中

日暮时分
我们牵手　走在开满野花的山路
追着牛羊、溪流和夕阳
捡拾满满一篮山果

夜晚
我们爬上屋顶
一起遥望夜空
静静　等待夜鸟的羽毛飘落

亲爱的

我仿佛　听见

你启程的脚步　在跨越黄河

或许　就在明天

在这个古老而宁静的村落

我和你一起醒来

一起失眠

白天　数着山坡上的牛羊

夜晚　数着湖边　岩石上栖息的水鸟

如果你来看我

然而，我爱你

我知道
你并不完美
你微胖　打鼾
然而，　我爱你

我知道
你甚至几天不会想念我
然而，　我爱你

我知道
我们或许不会再相遇
然而，我爱你

爱你爱到无聊透顶

爱你爱到无聊透顶
凝视着你的照片
数你脸上有多少颗黑痣
数你微笑时　露出几颗牙齿
亲吻你的嘴唇
亲吻你的额头

心跳加速
脸上泛起红晕

爱你爱到无聊透顶
写重复的　肉麻的诗句

我爱你
我是你的小女孩
永远的小女孩

我曾经那么绝望地爱着你

我曾经　那么绝望地　爱着你
爱得那么偏执　那么纯粹

如今　爱情的火焰已经熄灭
一切疼痛　随着瓯江的水　在消逝

清晨　我将那束早已干枯的玫瑰
扔出窗外
我知道　一切对爱情的挽留　都是徒劳

只有在你暮年的时候
在你功成名就　百无聊赖的时候
在我不再爱你的时候
你才会爱上我

好想就这样死去

好想　就这样死去
在黑夜中　死去
带着北方的气息

好想　就这样死去
掉落的一颗泪
打湿了整个夏季

好想就这样死去
消逝在一首未完成的诗里
就这样死去　悄无声息
就这样死去
不再惧怕美丽的容颜消退
不再惧怕　爱情离去
就这样死去
带着爱的忧伤和甜蜜
就这样死去
将美丽的　尚未衰老的躯体留给大地

一厢情愿地爱着

我一厢情愿地
爱着　这个世界
爱着　镜中的容颜
爱着　高原　飘浮不定的云朵

我固执地
爱着　春天的落花
爱着　尘世的幸福
爱着　瓶中这枝干枯的玫瑰

我就这样　一厢情愿地　爱着
爱着　窗外这条　通往北方的铁轨
爱着　远方传来的脚步声
爱着　这列　雨中静止的火车

我就这样　一厢情愿地
爱着　这个世界
爱着　那个　或许根本就不存在的你

有没有这样一种爱

有没有这样一种爱
我们一直苦苦寻找的爱
一种源源不断的
不带任何杂质的爱
不关乎　财富　地位　美貌　爱情与　亲情
只是爱
纯纯的爱

有没有这样一种爱
它不只　存在于诗歌中
它无处不在
流入天空
流入海洋
流入土壤
流入每一个人的心中
悲悯着人间的悲欢离合
抵御着疾病与死神
对抗着世界的冷漠　残缺与荒谬

有没有这样一种爱
可以点燃地狱之火
就像此刻的你

寻

给千里之外的人

送去　微笑　鼓励与拥抱

点亮　人间荒漠

无　题

"不要再写了
写诗　是一种堕落"

可是　不写诗
怎么对得起　正在流动的血液
怦怦加速的心跳
窗外　吹来的晚风

不写诗
拿什么来　挽留一片雪花　一树落樱
拿什么来　治愈　笼罩于大地的悲伤和绝望
拿什么来　对抗钟表的指针

不写诗
怎么面对　逝去的生命
还有　那颗渴望自由的灵魂

寻

复　仇

失眠是对黑夜的复仇
写诗是对死亡的复仇
断臂的维纳斯是对完美的复仇
飞鸟　是对牢笼的复仇

我们　从胚胎发育　到步入坟茔
一直在　对抗　接纳　习惯　修补
这个残缺的世界

我爱上了自己的灵魂

夜色愈来愈深
我独自一人
与自己的灵魂交谈

面对着镜子
或是一本书
就能　看见自己的灵魂

我毫无保留地
向他倾诉　向他哭泣
八月的烈日
在镜中慢慢呈现
我伸出双手
轻抚那一团火焰

哦　上天
我是灵魂　还是　灵魂是我
我爱上了自己的灵魂

破晓时分

破晓时分
一声鸟鸣
又一声鸟鸣
声声都很孤独

一个自闭的人
遇见另一个自闭的人
一个失眠的人
遇见另一个失眠的人

一个在酒店大堂
枯坐整宿
一个在漆黑的书房
静候黎明

每个人都是一座孤岛
彼此遥望
又彼此　分离

也 许

也许　你也在抬头凝视这轮并不圆满的月亮
也许　你也在聆听这首《May　it　be》
也许　北方还有一棵银杏　叶子还未落尽
也许　那辆黄色自行车　早已不见踪影
也许　列侬与洋子的爱情
并不值得羡慕

也许　在这一刻
你也想起
那年　春天
瓯江上空的千里江山图

也
许

诗人墓地

麦地　给了我答案
在这里
在灰色的苍穹下
在尚未建成的诗歌幕墙前
在枯黄的干草下
躺着一个年轻人
他将自己变成了云
变成了诗歌的伤口
变成了天堂的火焰

山楂树　在燃烧
青草　在生长
几只空酒瓶
五枝尚未开放的百合
一只寒鸦
寂静地　在寒风中　守望

落日的余晖
刻在了墓碑上

总有一刻　是不朽的

总有一刻是不朽的
比如在　窗前静坐

一个我与另一个我　交谈
一个我企图留住另一个我

镜中的我
凝视　镜外的我
梦中的我
凝视　此刻的我
一个我　在寻找另一个我

总有一刻是不朽的
如同此刻
你的心　就是一座宇宙
无须挑剔
无须触碰
无须逃避
这深秋离去之后的荒芜

是谁在悠闲漫步
是谁在尽情跳舞

总有一刻　是不朽的

寻

是谁　在引领我
走向　无路之处

是谁　在引诱我
凌晨　五点醒来

鸟儿在伴随我飞翔
飞过雪山穿越戈壁
穿越时光
这一刻
众生不朽
一切不朽

如果我不写诗

今生今世　如果我不写诗

我会事业有成

幸福地　和这个世界和平相处

不知何时　月亮和陨星将我引入歧途

从此　步入一条荆棘丛生的不归之路

这是一条虚无之路

一条通往无底痛苦的深渊之路

如果　我不写诗

我将永远　居于果壳之中

听不见　大海的涛声

触摸不到日月星辰

我不会　偏爱云层之上生活的荒谬

更不会　如此渴望　有一群人　和我一起仰望　璀璨的星空

如果我不写诗

我不会遇见你

更不会在深夜里痛哭

我会　无视麦田上空　飞起黑压压的鸦群

不会　无数次　因这场罕见的瘟疫　痛心疾首

· 109 ·

寻

不会　如此渴望　有一部灵魂巨著　横空出世　唤醒穿梭于大地的物欲横流

不会　如此幼稚　企图用青涩的文字　抒写长诗《安魂曲》
告慰成千上万的亡灵
告诫我们的后世子孙

尽管　今天　还有人在焚烧诗稿
还有人　在辱骂和围攻诗人
人类文明　在继续沦陷

我的诗　只能　写给死去的自己
写给　百年后的人们
尽管　未能抚平狂风中的海浪
但　今生今世
我会继续在诗海中前行

（写于 2020.4.14）

感　恩

向　桌上这枝玫瑰　说感恩
向　每一株植物说感恩

感恩　天空　河流　雨水　土壤
感恩　五谷　果实　牲畜　飞鸟
感恩　诗歌　音乐　足球
感恩　每一次心跳
每一个爱的瞬间
感恩　每一位耐心读我诗句的人

感恩　每一句　早安　晚安
感恩　每一次　热泪盈眶

感恩　天堂的父母
赐予我
如此美好的一次遇见

感恩　上帝
我　还活着

感
恩

2020 年秋天

等到秋天　逝去
才想起　抒写秋天
蓦然回首
一种　难以名状的惆怅
还停驻　在秋日的窗前

黑夜　潜入内心
一种　不可回避的不安
在大地　蠢蠢欲动

秋风浩荡
席卷大地
在摧毁房屋
摧毁庄稼
摧毁一切社会秩序

空旷的麦田
黑压压的鸦群　在飞离

阴霾笼罩四野
生者　死者　卷入其中
地上的落叶　在随风旋转　旋转

一切　都在　旋转
一切　都是如此莫测

黑夜　在凝视着黑夜
河流　和岩石　在凝视着夜空

是的　一切都会消逝
秋天　会带走一切
不管　落叶　哀鸣　还是钟声

2020年秋天

寻

心 疼

有这样一种心疼

江南的雨　心疼北方的云

大地的碧绿　心疼天空的蔚蓝

烛光　心疼　炉火

闪电　心疼　流星

落花　心疼　流水

飞鸟　心疼　天空

时间　心疼　钟表的指针

有这样一种心疼

不可避免地

发生在　某个早晨

总有人愿意　陪你浪迹天涯

无论前方
是崎岖山路
还是　大漠戈壁
是抵达天堂
还是　地狱
总有人愿意　陪你
浪迹天涯

一把吉他
一头长发
在街头　流浪
或是　骑上骏马
看夕阳西下

梦中的旅程
越来越长
总有人愿意　陪你
浪迹天涯

总有人愿意　陪你浪迹天涯

爱到梨花满地飘

我爱你
却不能对你说
我害怕种花
害怕花瓣凋落
害怕闪电　甚至彩虹
这　让我想起牛郎和鹊桥

就这样　默默爱着
随意画上一只眼睛
查阅一下北方的天气

写长长的信
窗外落英缤纷
而浑然不知

不再　害怕失去
而是　害怕拥有

就这样　默默爱着
爱到梨花满地飘

灾难面前

灾难　面前
写诗　是矫情的
灾难　面前
写诗　是野蛮的
灾难　面前
写诗　是无用的
灾难　面前
写诗　是一种自救
灾难　面前
写诗　是可耻的
不写　也是可耻的

我用什么才能留住你

我用什么才能留住你
留住　你的声音
你的笑容
你所有的诗句
还有　你的生命

我用什么才能留住你
留住　你荡过的秋千
你浇灌的植物
你呼吸的空气
还有　你的生命

我用什么才能留住你
留住　你的身躯
你的灵魂
你仰望过的星空
还有　你的生命

我虔诚地祈祷
默默地祝福
祈求上苍　留住你的生命

（第二次写这首同名诗）

只需一点点爱

只需一点点爱
就足够
一句"早安"
足以　点亮一天

一句"晚安"
令人　回味无穷
偶尔一次通话
紧张得不知所措

不奢求太多
只需这一点点爱
灵魂
就　有了归途

生命中最美好的事物之一

生命中最美好的事物之一
就是——在海子墓前遇见你

这春天　这枯黄的麦地
这湛蓝的天空
这神秘的太阳墓
还有　这五枝尚未开放的百合

我们　依次给诗人献上白菊
我们　唱着同一首歌——
远在远方的风　比远方更远

我们　合影
我们　告别
我们　各奔东西

不可思议的是——
秋天　我们居然重逢

我们谈论　诗歌　哲学　死亡
谈论　海子　李白　尼采
谈论　姐姐　理波的白发

夕阳下隆隆驶过的列车

我们　又一次忆起诗人母亲

这麦地　这墓碑　这黑松林
这　难忘的拥抱
这　天空飘过的云霞

一切　又回到海子墓前

生命中最美好的事物之一

这该死的"寻"

我这是怎么啦
又是这该死的"寻"
在黑暗中凝视着我

我　急不可待
向海而行

颠簸于
佩索阿的诗句中
周围只剩秋风　秋雨和夜空

未名湖的月亮
哲学楼的海棠果
已不见踪影

总是在沉思　沉思
总是在漫游　漫游

这该死的"寻"
在深渊　盯着我

形形色色的人

从天桥走过

今天　应该庆祝
今天　应该喜悦

而这无休止的寻找
让我误入歧途
渐行渐远
掉进了黑洞

这该死的∷寻∷

当你　只是去爱

当你　只是去爱
去爱　自己的灵魂

用每日的阅读　供养她
就像爱惜一株植物
闻一闻　她的芳香
就有一股洪流
在脉管中　涌动

一颗　独立而自由的灵魂
无须　向外在
寻求　你的力量

静静地　感受你的内心
沉浸于　思索和　创作中

拿起笔
你就拥有
整个　宇宙

我知道　这是梦

我知道　这是梦
这　音乐
这　月光
这　夜风
请　不要折磨我

你　是我　偶遇的一句诗
请你　不要折磨我

你　是永远无法抵达的远方

即使　在梦中　一见钟情
那也只是梦　只是梦

我知道　这是梦

一棵女人树

荒漠里
只有一棵树
一棵　女人树

一切的土壤
沉寂
一切的哭喊
没有回声

漫无目的
根须
越陷越深

土壤深处
不见水分
只有虚无

无止境的哭喊中
蓝色的　眼泪
落叶纷飞

我又想起你

我又想起你
星星忍不住笑了
茨维塔耶娃
也无法将你我隔离

你无孔不入
跟随窗外的月光
透过窗帷　打在我身上

我听见你疲惫时
发出的鼾声
从远方传来

我听见
你在梦中发出的呓语
在轻轻叩击我的胸腔

荒诞的女人

这是快要 "疯了" 的节奏！
凝视着 父母的照片
将他们责怪一番：
为何 生下我这个怪胎

本可以 无忧无虑
与世界和平相处
如今 却成了
戴着 口罩的拉斐尔

是病态的珍珠
还是 病态的春天

是 荒诞世界中
诞生的 一个 荒诞的女人

自画像

在此
茫茫大海里
长眠着　一个神秘的女人
没有墓碑
除了　几顶黑色的女巫似的帽子

她是宇宙的孩子
她是未来的早产儿
她是几首诗的作者
没有墓志铭
除了一本黑色的　厚厚的书

如果有来生

亲爱的
知道我有多爱你吗
其实　我也不知道
爱到底能够　有多深

此刻　我心脏在颤动
你听见了吗

我相信　心灵感应
我相信
如果有来生
我　还会爱上你

永远 在路上

以为抛弃执念
就能心安理得地生活
以为不写诗
就是 对自己狠狠的报复

永远 在路上
寻找一座根本不存在的庙宇
没有外墙
永久找不到门
只听见自己的脚步声 在回响
是 顺流而下
还是 逆流而上
没有悲伤 没有喜悦
内心 空荡荡

永远在路上
钟摆在不停摆动
是心跳
停止 即死亡

普罗米修斯
西西弗斯

寻

夸父　屈原
是否　也在路上

寻找词句
表达月亮　死亡　玫瑰
悲哀　又有什么关系
迷惘　又有何妨
怯懦　孤独　也不可憎
流浪　流亡　也无关紧要

忘掉　你是谁
忘掉　你在哪里
忘掉　在泥淖　还是荒漠
在书房
在街头
还是在丛林

寻觅　窥视　修补　穿越
成为　灰烬　延伸　永恒

遗　嘱

2018 年的某一天
在微信中立下一条遗嘱：

骨灰撒入东海
诗歌如果得以出版
稿费捐赠给
国家癌症研究基金会

为了避免发生不测
将此遗嘱告知闺密乔
提醒她　所有的诗歌私存在微信里

她笑着说：
你认为诗歌能挣到钱吗
亲　你太幼稚了

我无地自容

你的内心　是一片大海

不要在别人的诗句中　寻找安慰
走向自己的内心　才是安全的

跟随我　走进波洛克的画中
你能　找到答案

一圈一圈　像树木的年轮
一滴一滴　泼洒自如
像一座　魔幻的迷宫

自然地　呈现一切：
欲言又止的悲伤
不可名状的纷乱和狂野

重重叠叠的激情
让它们　自由起舞　随波逐流
如　一条河流　一片天空
一张白纸　一个黑洞

你要　逃离一切规则和秩序
无人能强加给你　任何经验

你的内心　是一片大海
一个宝藏　一个宇宙
将她原始地　呈现
不需要取悦任何一位读者

你的内心　是一片大海

135

我想找个海阔天空的地方

我想找个海阔天空的地方
随心所欲地写作
而不必　有任何内疚感

以往　总是渴望　自己
是大漠戈壁
是一只鸟
一颗星辰
一团篝火

是　恣意飞扬的柳絮
飞流直下的瀑布
是　一缕风
一场酣畅淋漓的暴雨

而今　我要感谢
星期一的中午
在两场会议的间隙
在最没有诗意的时间和地方
一朵花从石缝里　探出头来
完成了这首诗

我固执地爱着你

我固执地爱着你
你固执地爱着人类
而我　是人类的一员

从前　我的爱　炽热　而直接
会大胆说出：我爱你

总是期待着
你爱我的一天

等你的爱　慢慢生长
等你　不再为足球　日夜颠倒
等　樱花的再度盛开
等　这场瘟疫　渐渐消退
等你　透过诗句　听见心跳

如今　我的爱
变得　胆怯而安静
连诗句　也学会了隐喻

像极了爱情

一种　天然的高贵
一种　传统的儒雅
一种　高冷与疏离
一种　坚忍与不羁
一种　与世界的格格不入
一颗　悲天悯人的心

在脑海
时隐时现

像极了爱情

你之于我

你之于我
如同　提奥之于梵高

或许无法阻止生命之火的熄灭
却　能让这些诗句得以诞生

或许　你会在
玫瑰正盛开的时候
退隐山林
会在火焰正旺的时候
消失无踪

而你终将
完成了　你的任务

你就是那
黑夜里　种植葵花的人

我已经走过一片荒原
前方　还是一片荒原
前方的前方
或许　还会是一片荒原

寻

而我　学会了转身
学会　捡起破碎思想的残片
用它来缝缀
这湛蓝的天空

我不再怀疑
怀疑时间的荒谬
而是　进入时间

我不再游离
游离于　这繁华的街道
而是　走进人群

玫瑰不再长在镜中
诗中的我　在渐渐消逝

如今的你
能触摸到吗
这些强大的能量　源源涌出
求知若渴的激流
在寻找　大海的入口

准会有足够的时间
让我走进　这行色匆匆的人群

准会有足够的时间
让我抵达　这午夜的花园

准会有足够的时间
让这若有若无的存在
不再遥远

你之于我

写给佩索阿

一个人　总是在夜里

自言自语

不知所云

随性地抒写

辽阔无边　星空上的寂冷

一个人　一点点

从古老的树丛中

从自己的苦闷中

从另一个现实中　浮现

无法入睡

在　一个永不启程的前夜

一个人　行走在　另一条路上

在通往另一个不存在的国度

离梦想　越来越近

偏离现实　越来越远

一个人　待在屋里

开始明白　自己什么都不是

全都是裂缝

全都是空无

不确定自己　身处何方

一个人　总是在漫游
想象　自己是一只鸟
一个果壳　一个宇宙
一朵未来的玫瑰

我以为这个人　就是我
然而，不是的
他是——费尔南多·佩索阿

写
给
佩
索
阿

有一种遇见

有一种遇见
不在断桥
不在富士山下
不在未名湖畔
不在塞纳河边
而是在　海子墓前

有一种遇见
不是　怦然心动
而是　理解与心疼

午夜花园

午夜的花园里

有人　坐在月亮上

有人　端坐葵花的中心

有人　在玫瑰边吹笛

还有　小精灵　丘比特

花朵和树叶　是金色的

下来吧

让我们歌唱午夜的爱情

我们吟唱

我们演奏

我们烂醉如泥

若没有你

这一切只是幻象

下来吧

爱　浸润着这无边的暗夜

沁人的芬芳

来自　这午夜的花园

或这样　或那样

午
夜
花
园

寻

到处是金黄的花朵
无论内外
我们的身　魂　血
在这午夜的花园
如此耀眼

因着你的爱
玫瑰盛开如初
秋风　把它摇来摇去

午夜的花园
令人心醉神迷
你走向我，微笑

爱　来自无限
如同雨滴落入大海

午夜的盛宴
有谁见过

若没有你
我　辨不出昼与夜
这午夜的花园
会变小吗

暗夜的晨光熹微中
传来　婉转的琴声

月亮上的你
下来吧
像百合花，像玫瑰
我们开放
从自我中释放

疲惫的心哦
在这疏离的世界
也请　加入我们的聚会
加入　这午夜的花园

这爱是完美的　完美的
这爱是永恒的　永恒的
在这午夜的花园里
在玫瑰和百合丛中
我看清了你脸颊的颜色
你走向了我，大笑

午
夜
花
园

不写诗的夜晚

不写诗的夜晚
有多美

不必沉迷于自我世界
自悲自喜
不会因为写了一首诗
又哭又笑　兴奋得失眠

不必和自己的心交谈
这颗敏感多情的心
终于可以　稍作休憩

不必一整夜听同一首歌
可以　走出书房
欣赏窗外车水马龙的风景

不写诗的夜晚
有多美

月亮　只是月亮
河流　只是河流
秋天　也只是秋天

心疼的不是西西弗斯

多么美好的一天
我们谈论　哲学
但丁　李白　尼采

谈论
西西弗斯是否快乐
死亡是终结还是升华
尼采是不是真的疯了

美好的交谈结束
突然一种奇妙的感觉涌现：
我心疼的不是西西弗斯
而是那块被他日复一日推动的巨石

诗歌无能

诗歌无能
只能在隐喻中书写悲伤

诗歌无能
无法阻止灾难的蔓延
也无法避免灾难的重复

诗歌无能
只能眼睁睁看着
用心呵护的一切美好
轰然倒塌

诗歌无能
它不是灵药
不是避难所

它只是一个出口
让诗人苟且活着

无　题

早晨是一只花鹿
一句美好的诗
让我又想起你

夕阳
野花
隆隆驶过的列车

一块巨石
在眺望远去的时光

一个背影
满头白发
一壶白酒
洒向　你停留的地方

痛

痛
心在疼痛
心真的　会痛
心一阵一阵在痛
清晰的疼痛感
让人难以置信

这次心痛
不是为亲人
是为某位素未谋面的人
他在平静地　描述他的病痛

飘

随风而逝
随风而逝

灯火在飘
云朵在飘
渔船在飘
头发在飘
疼痛在飘
思绪在飘
落花在飘
浮萍在飘
海市蜃楼　　在飘
风中的玫瑰　　在飘
远方的野花　　在飘
空荡荡的秋千　　在飘
心脏在飘
血液在飘
灵魂在飘

飘零的树叶
落满一地

飘

为 何

为何　活在云端
为何　如此匆匆
黑夜　像白天一样悠长
为何　如此疲倦
为何　如此落寞
像坠入万丈深渊的瀑布
坠落　坠落　坠落
在无边的黑暗里　坠落
粉身碎骨

为何　如此残忍
为何　如此赤裸裸
为何　走出镜中
为何　伸手触摸
为何　一阵风
催开了沉睡的花朵

为何　害怕种花
害怕　花瓣凋落
为何　害怕　一切
害怕　直视你的眼睛

今夜无眠

今夜无眠
爬起来写诗
我将这首诗托付给风
托付给流水
托付给落叶
托付给明月
托付给候鸟
托付给漂流瓶

我将你
锁进黑盒子里
以免你爬出来　扰乱我的心

望　月

有人在晒美食
有人在晒美景
有人在晒和父母的合照

我独自一人
躺在小区草坪上
逃离朋友圈

去年中秋
一个人在吴哥

前年中秋
一个人在敦煌

2017 年中秋
一个人在乌镇

今年中秋
一个人躺在草坪上
抬头凝望这一轮满月
想看一看天堂的父母

不禁想起泰戈尔的诗句：

你静静地居住在我心里

如同满月居于夜空

望
月

心形石

一块淡青色的鹅卵石
静静地　躺在沙滩上

在某个落日的黄昏
一位美丽的姑娘
轻轻　将它拾起
如获珍宝

自此
这块心形的石头
占据着　她最华丽的珠宝盒

每日　对镜梳妆
姑娘的心头
就会飘落一片洁白的羽毛

但　愿

今晨
我将第一份节日祝福
送给千里之外
素未谋面的某位诗人

但愿他
不再噩梦连连
不再被飞蚊惊扰
不再遭受病痛折磨
不再在恐惧中度过余生

但愿他
不再过多思念母亲
不再依赖咖啡来缩短睡眠
不再使用　"风烛残年"这个词

但愿他
下辈子不再写诗
像花朵一样幸福

但
愿

有这样一种担忧

有这样一种担忧
它来自远方
来自美丽的江南

有这样一种情感
它不是爱情
不是亲情
是诗人对诗人的遥望

有这样一种相遇
是子期与伯牙

无论你在海角天涯
瓯江的水
都将流向你　停留的地方

在另一种生命里重逢

夜色中
一个"瓢"字　拆成两半

一半向东
一半向西

一半在镜中
一半在镜外

一半被运往城市
一半留在森林深处

一半被扔出天堂
一半落在山腰

一半逃离到荒岛
一半回到母亲的子宫

无尽轮回里
生生世世地寻觅

他们　终会
在另一种生命里重逢

白天鹅未必多于黑天鹅

白天鹅
未必多于黑天鹅

彩色的画
未必　比黑白的　更美

地狱
并不比　天堂　更遥远

不是所有的向日葵
都朝着同一个方向

不是所有坐牢的人
都罪有应得

不是每一片落花
都有人埋葬

不是每一口水井
都囚禁着一只青蛙

不是所有的真理

都必须由人类掌握

不是所有的真相
都能水落石出

白天鹅未必多于黑天鹅

爱情是件奢侈品

爱情是件奢侈品
不仅只是爱情
思念也是

能这样平静地
在灯光下写作
同样是一种奢侈

就在七夕
就在此时

有人　在遭受割礼的剧痛
有人　在逃婚的途中　颠沛流离
有人　被拐卖到大山
在那里　生儿育女　欲哭无泪

有人　嫁给了兰博基尼
有人　成为权力的妻子
有人　随着　飘零的花瓣
碾压成泥

有人　终生未曾　见过玫瑰

有人　在柴米油盐中
忘记了爱情的心跳和呼吸

"当彼此仇恨的人们
不得不睡在一起
这时　孤寂如同江河
铺盖大地……"

化蝶的梁祝
雷峰塔下的白蛇
暮色中的阿诗玛
是遗憾
也是一种奢侈

爱情是件奢侈品

165

写给顾城

你离我很远

孤独地　存在于另一个星球

用黑色的眼睛　寻找光明

你离我　很近

阳光　照着草地

你扶着门轻声说：

你不呼吸吗

你不写诗吗

忧郁的眼神

发黄的声音

温暖而颤抖

《诗》在流泪

去散步　带着一本《诗》
累了　坐在溪边憩息

一阵风　刮来
《诗》被吹进了溪水

漂浮于水面的《诗》
在流泪
大颗　大颗的泪

诗啊，掉落水中　又何妨
给落花读
给溪水读
给阳光读

让自然回归于自然

女 孩

美丽的女同事
患病数月

下午例会结束
大家一一和她视频问候

女孩　戴着帽子
透出几分帅气
露出灿烂笑容

我是最后一个向她问候的人
十几秒钟寒暄
我笑了
她也笑了

视频关闭　那一刻
不禁泪奔

她才二十六岁
怎么就得了癌症

宁可相信

宁可相信
这是一场天灾
像地震　海啸一样　不可避免
宁可相信
病毒　来自陨石或是外星人
那样　心情好一些
除了悲悯　会少几分愤怒
如果是人祸
我无法放过自己
因为　我也是人类的一员

我只是个孩子

我只是个孩子
被囚禁在夜晚和黎明之间

当虚无在大地蔓延
当疲惫的人们　还在沉睡
除了自由　我没有别的奢求

追寻词语
寻觅一个准确的词汇
来描述　这个隐秘的
不时　在内心　游荡的幽灵
无关政治　瘟疫　与人间烟火

有一种莫名的忧伤

有一种莫名的忧伤
与雨　无关
与人间疾苦　无关
与任何人　无关

毫无理由的　忧伤
灵魂深处的　忧伤
如一朵傍晚的云

时而　被拽向　虚无的天空
时而　坠入　现实的深渊

有这样一种忧伤
永远在踯躅
永远在寻找
在无边的隧道中　独自行走

有这样一种忧伤
柴米油盐　治愈不了
财富　名利　治愈不了
尘世幸福　治愈不了

寻

有这样一种忧伤
注定　要在镜中度过一生
在庄周的梦中　度过一生
在书中的桃林　度过一生

黑竹林

黑夜荒凉的沙滩上
站着一个女巫　风不停地吹

远处　一片黑竹林
发出诱人的光芒

一个神秘的声音
从江的彼岸传来：

来吧　美丽的女巫
用你神奇的眼睛
点亮这一江的黑夜
勇敢地走向这片黑竹林

来吧　可爱的女巫
用你美丽的长发
蹚过这一江的孤独
大胆　走向这片黑竹林

在最深最深的密林里
藏着你一直在寻找的梦

黑
竹
林

· 173 ·

心 啊

寻

心啊
为何　又想起他
那阳光下的一瞥
那美丽的湖水
那一辆　黄色自行车

心啊
此刻
你和我
一起写着关于北方的秋天
将那个恼人的他
拽出梦乡

威尼斯河道的水

威尼斯河道的水
变得清澈见底
海豚回来了
特莱维许愿池
成群的鸟儿
代替了往昔如织的游人
印度贾朗达尔居民
打开窗户
可以看见二百公里外的喜马拉雅山

穿山甲　果子狸　麋鹿
羚羊、大象……
在自由悠闲地漫步
暂时不必　东躲西藏

梨花　红千层　海棠……
并不知　人间在发生什么
朵朵　盛开如初

蜜蜂　蝴蝶　飞鸟……
在阳光下
翩翩起舞

寻

潺潺流水

啾啾鸟鸣

百花盛开

……

人类数月禁足

动物　植物　山川　日月

迎来了

它们　期盼已久的

短暂的　盛世太平

无　题

最近　沉浸于写作中
似乎冷落了爱情
微信那头，酸酸的一句：
亲爱的　你有诗歌做伴　真好
回：亲，
你比诗歌重要
诗歌比生命重要
写完　泪奔

地球在流血

不管怎样
我写不出赞美的诗句
即使在百花盛开的春天

一些人在破产
一些人在失业
一些人在禁足
一些人在死去

高考延期
奥运延期
战争在延期

旷世之殇　何其悲壮　魔幻而荒谬
一股浓浓的悲剧感
不时从胸口流出
如南极冰雪中长出的血藻
殷红一片
是地球的眼泪　还是血液

换一种温度爱你

春去夏将至
北方的人　还在北方
南方的人　仍在南方

隔江遥望
只见　几颗星星
和王希孟的千里江山图
悬挂于瓯江的夜空

鸟儿在飞
陌上花开
桃花依旧

等你　在江南的烟雨
等你　在西湖的断桥

亲爱的
我要好好爱你
我要换一种温度爱你
让　河流归于河流
让　花朵归于花朵

清　晨

清晨
在溪谷的石头上
静静地　坐着

清泉　樱花
蓝天　白云　飞鸟
美不胜收

有这么一瞬间
眼泪莫名　就掉了下来
我突然明白
不能再来了

这么阳光明媚
这么繁花似锦
这么盛世太平
和正在发生的　这场巨大灾难
如此　格格不入

今年的樱花

淅淅沥沥的雨
让人怜惜　随风飘落的樱花
今年的樱花
暴戾而血腥
愤怒地绽放
又愤怒地凋零
今年的樱花
落满了山野
不见　葬花之人

永 生

在病毒侵袭中
你痛苦地死去
在解剖刀的切割中
你获得重生

你高贵的灵魂
驱散一切恐惧

医生们在你躯体前
深深地　默哀　鞠躬
代表人类
向你不朽的灵魂　致敬

没有人知道你的名字
医学史上也不会记载你的姓氏
你的生命
将在活着的所有生命中　永生

春天的眼泪

窗外的雨
在哗哗地流
滴落雨棚上
滴到花瓣上
流到每个人的脸上
春天的眼泪
在　为人类而流

照片中的桃花

从未　如此安静地　欣赏一枝桃花

哪怕　只是一张桃花的照片

从未　因为一枝桃花　如此感动

凝视　照片中这片绚丽的花瓣　久久不能入眠

从未

如此渴望

变成　一株桃花

在这个不寻常的春天

自由　无畏地　绽放

这个春天　请你不要复活

如果　你还活着
会写出怎样的诗句
如果　你还活着
必定　彻夜未眠

灾难来临
你的诗　已被更大的哭声淹没

无数次　期待
你在春天　醒来
但是
这个春天
请你　不要复活

这个春天　请你不要复活

等 待

寻

总有一首诗　是写不出来的
总有一种歌声　胜过哭声
总有一种情绪　找不到出口
总有一种沉默
如落英缤纷
我等待　三月的桃花　百灵鸟的歌声
等待青草破土而出
等待那一声春雷　划破夜空
等待暖暖的阳光　打在脸上
等待　和心爱的人
劫后余生的重逢

流浪的月亮

你可以炫耀你那镶满钻石的墓碑
可以任意践踏　　一块小小的草地
却无法触摸　　更高处的风景

在这个极寒的冬天
商业　　在羞辱诗意
飞鸟的翅膀　　缀满了黄金
大街小巷　　熙熙攘攘　　到处都是六便士
遮蔽了　　月亮的银辉

是的　　孤独的月亮
除了拥有一颗高贵的灵魂　　一文不值
是的　　柔弱的月亮
开始踏上流浪的旅程

流浪的月亮
不会　　屈从于　　卑鄙
她的光辉　　必将穿透云层　　抵达大地
哪怕需要　　穿越一亿光年的距离

终　于

终于　从山顶走了下来
一条飞瀑　逆风飘扬

春天　还未到来
紫云英已提前绽放

一道闪电　一声惊雷
催开了果壳中沉睡的花朵

黄浦江畔　凭栏远眺
浓浓的迷雾
消逝　在远方的远方

背上行囊

坚韧　像一棵树
根深深地扎进泥土
枝杈努力伸向天空

擦干眼泪
背上行囊
走向更辽阔的天空

有大快乐者
必有大哀痛
有大成功者
必有大孤独

独特的经历
自有独特的使命

寻

陇南的油菜花　开了

从一个地方　流浪到另一个地方
从一条河　流入另一条河
沿着江水的方向
带上春天　去流浪

陇南的油菜花　开了
田野　一片金黄
为了　诗和远方
为了　飘零的落花
春天　也曾病入膏肓

陇南的油菜花　开了
岂止　在梦里　开放

无论　停留在何方
你是　我唯一的解药

要有一颗多么平静的心

要有一颗多么平静的心
才能　在嘈杂的候车室
写出　这几行文字
要抒写多少首诗
才能填补现实和理想之间巨大的沟壑
要栽种多少棵玫瑰
才能洁净空气中弥漫的污浊
要经历多少失望和绝望
才能　从空中落到地上
要流浪过多少地方
才能　找到那座或许根本就不存在的庙宇

寻

终于失眠了

失眠了
我失眠了
终于失眠了

眼泪　缓缓流出
疼痛醒了
灵魂醒了

此刻，凌晨四点零三分
睡着的是躯体
醒着的是灵魂

植物比我更幸福

植物比我更幸福
雨水比我更幸福
你比我　更幸福

溪流　不再涌入大海
海洋　不再仰望天空

囚禁　于两段地铁之间
囚禁　于某个十字路口

被时光　催熟
被黑夜　催熟

诗歌　是肉体
还是　泥土

留住　诗歌的高贵

写了那么多首诗

不是　为了爱情

穿越千里　来到你身旁

轻声朗读　写给你的诗

不是　为了爱情

我想留住　生命中美好的一切

留住　那首凄美的《九月》

留住　千万分之一　你我相遇的概率

留住　诗歌的高贵

归 来

风雨之夜　悄然归来
洗去一身疲惫

原谅　一路的风霜雨雪
原谅　两万公里的颠沛流离
原谅　一场不可避免的离别

一次　漂泊　增加了生命的厚度
一次　流浪　延长了铁轨的长度
一次　归来
就是　一次涅槃

归
来

成　长

眼里　照样常含泪水
却　不只是伤春悲秋
泪　开始　为天下苍生而流

看清了　黑暗里的黑
不再抱怨　抑郁　无助
而是竭力发出自己的微光
让夜空有了些许温度

诗中的哀伤　喜悦
不只热衷于爱情与孤独
而是　去寻找　更加高远神圣的维度
让灵魂得以救赎

死亡　不是终结
诗意　不只是燃烧
不再对衰老　过于恐惧
不再只为爱情　为梦想而活
而是回到先哲们的智慧中
在探寻东西文化的融合中
去获取无比的欢乐

此刻

不由得拿起　封存已久的《浮士德》

忘情地诵读：

沉浸在各时代的精神中去

这是无比的欢乐

看看先哲们想过些什么

而我们终于迈进了许多

成

长

寻

每一刻都有人在死亡

河流　是大地的血液
泥土　是大地的肉体
人类　是大地的伤口

每一刻　都有人　在死亡
每一天　都有灾难在上演
不是在　此处
就是在　他处

从高山　到海洋
从地狱　到天堂
哪里　有更安全的地方

如果　我是一株玫瑰

你让我想起疼痛
触碰到　生命中
这道最幽深的裂缝

你让我　泪点越来越低
为秋叶　为流水
为夕阳　不时流泪

你让我　心乱如麻
担忧着　叹息着
珍爱着　这一草一木

如果　我是嫦娥
我不再悲叹悔恨
我要将偷吃的不死仙药
撒向人间
开出美丽的花朵

如果　我是一株玫瑰
我不再是爱情的信物
我愿碾压成泥
在八卦炉中　千锤百炼
化作蓬莱仙药

如果　我是一株玫瑰

残　忍

你以为
凌晨四点喝一杯咖啡
缩短睡眠
就延长了生命

你以为
还不到六十岁的人生
由于身患疾病
就已经风烛残年

你是否知道
凌晨四点　看着一个丰盈的生命
在平静地　抵御孤独和死亡
是多么残忍

爱情　让我无能为力

亲爱的
我好想　将爱你的这颗心　切掉
让自己回归自由

我好想将桌上的日历翻过
不再在期待中煎熬

你　无时无刻　不在干扰我的情绪
你　无时无刻　不在纠缠我的躯体

摆脱你　就像摆脱一场大病

为了某种使命
我可以摆脱尘世幸福
摆脱工作的烦扰
摆脱所有的名利甚至尊严

唯有爱情　让我无能为力

拥抱　是一个苍凉的手势

月亮是湖
思念是舟
星辰　是黑夜的礼物
落叶　是秋天的眼眸

孤独　是一首歌谣
穿透　黑夜的胸口
去触碰　那遥不可及的国土
绝望　是月亮的影子
在黑暗中　躲闪
以免　被烈日灼烧

拥抱　是一个苍凉的手势
重逢　是秋天的日落

时光　是海
记忆　是舟
一步之遥　一生横渡

如果只有一种颜色

如果只有一种颜色
红色　黑色　抑或高贵的紫色
这个世界　也将失去光彩

如果只有一种植物
纵使　玫瑰满园
爱情的芳香　也将不再

如果天空的云彩
只有一种形状
如果鸟儿
只能朝着同一个方向飞翔
如果海浪
只能发出　一种声音

这个星球　是否　还在

原以为

原以为
将花朵种在镜中　　就不会枯萎
原以为
与世隔绝　离群索居　就可以远离污浊和卑鄙
原以为
在诗歌中构建一个太阳
就可以将黑夜摧毁

殊不知
一声巨响
镜子碎了一地

哪怕重构一个新的宇宙
也无法修补
这一片片割破了手指的碎玻璃

模拟一场离别

为了不过于忧伤
模拟了一场离别

想象着　在雨中说再见
想象着　在车站　在机场
在你我相遇的地方　挥手告别

想象着　在春暖花开的时节
在大雪纷飞的黄昏
在无边的暗夜　挥手告别

想象着　梨花带雨
落叶纷纷　大雨滂沱

今天　模拟了　这样一场离别
想象着　这样一场离别
为了　一场真的离别　而预演
为了　那场不可避免的离别　降临时
还能够　活在人间

七夕是个令人不安的节日

七夕　是个令人不安的节日
一种莫名的惆怅
隐匿于　黑夜深处

我惧怕　秋叶的凋零
惧怕　牛郎织女的爱情
惧怕　落入沟渠　随波逐流的落花

今夜
我将　爱你　写在水里

有人毫无所求地　爱着你

你与这个世界
保持　一定的距离
永远是那个　白衣飘飘
带着我们看海去的　纯情少年

美丽的江南
有人　毫无所求地　爱着你

你怎样对待她
无关紧要
她所做的一切就是
用她的爱　留住你
哪怕　让你多活一年　一月　一日

有人毫无所求地　爱着你

寻

感　谢

感谢　西大门的那个清晨
感谢　银杏树下这辆黄色自行车
感谢　岩石上这四只休憩的水鸟

感谢　江南的四月
感谢　瓯江上空的飞瀑
感谢　浦东至虹桥的那段旅程

感谢　窗外正在流动的河水
感谢　这等待已久的回声

感谢　飘落肩头的花瓣
感谢　诗歌　流浪　爱情

致——

只要　还有你
秋天　就依然是秋天

只要　还有你
人类　就还是人类

致

还未遇见

还未遇见　在遇见的路上
还未相知　在相知的边界

远远地
你我之间
隔着　云海　山川　尘世灯火

一种　难以描述的
若有若无的
无法触及的　情绪

夜色中
透过湖边的枝丫
落入水中

拿 走

你　可以拿走我的美貌
拿走我的青春
可以拿走窗台这盆墨兰

如果还不够
可以将思念　也拿去
甚至　可以拿走我手中的笔
拿走　《神曲》
拿走　顾城
拿走　阿赫玛托娃
拿走　今晚所有的星辰

如果　你愿意
可以拿走　我的一切
除了　灵魂

这　不是秘密

我为一种使命而生
延长生命
延长一株植物的生命
延长一条河流的生命
延长人类的生命
——这　不是秘密
我见过　爱情转瞬即逝
樱花的盛开和凋落
还有　流星划破天际后的坠落
——这　不是秘密
我知道
人类一切　美好事物的消失
这些　是规律
——不　是　秘　密

每个人都是一条河流

每个人　都是一条河流
蜿蜒曲折　波澜起伏

有的　终归流入大海
变成云朵　变成雨滴
每一滴雨　又是一条　新的河流

有的　半途枯竭　戛然而止
每一滴水　浸透深沉的土壤
滋润着万物
留下　一路的风霜雨雪　颠沛流离
在　夜风中　唱响生命之歌

从土壤　到天空
从天空　到土壤
如果　你也是一条正在奔涌的河流
在生命的低洼处
你与我　终将相遇

凌 晨

凌晨四点三十二
从睡梦中醒来

沉浸于唐寅的悲惨命运中
无法自拔
仿佛看见　穷苦潦倒的大才子
在街头卖画

那个　风流倜傥　点秋香的唐解元
只存在于人们的美好愿望中

桃花坞里桃花庵，桃花庵里桃花仙
半醒半醉日复日，花落花开年复年

不禁　想起　葬花的黛玉

一个人在夜里坐着

一个人在夜里坐着
似有似无的泪水
终于 决堤

并不因逝去的父母
也不因萧瑟的秋天

或许是因为九月
那一片死亡的野花

或许是因为
即将圆满的那一轮明月

或许是因为惺惺相惜
远方 那个遥不可及的人

秋天的忧伤

孤独者的秋天
只有一片叶子

一种莫名的忧伤
突然间　从空中　掉落下来
前方的小路
戛然而止
一支鹿箭　从天而降

生活本身就是一道闪电
忧伤　也是

紫色的葡萄缠绕着树枝
钟声　在傍晚沉默

秋天的忧伤
是月亮的忧伤

爱的不只是你

我爱你

爱的　不只是你

爱的是　一种天然的高贵

一种　坚忍与不羁

一种　冷漠与疏离

一种　与世界的格格不入

我爱你

爱的　何止是你

爱的是　爱的本身

爱的是　无法囚禁的自由

还有　生命的心跳

血液的流动

对死亡的抗争

将石林中一块没有魂魄的石头——

将石林中一块没有魂魄的石头
想象成一位孤独矗立着的美丽姑娘
——是残忍的

一次次观摩名画《死神与少女》
——是残忍的

偏爱维纳斯的断臂之美
——是残忍的

凌晨四点　眼睁睁看着一个丰盈的生命
在平静地　对抗死亡
——是残忍的

如果悲伤可以熄灭
如果孤独可以转移
如果爱情可以续命

如果矗立于石林的阿诗玛
月夜中　在慢慢复活

从未如此孤寂

从未如此孤寂
从未如此真实

僵硬的五指
像花朵一样　一瓣一瓣慢慢舒张
早已石化的心脏
一滴一滴的血液　在渗透　在浸润

脉管里的血液
开始　流动

从未如此孤寂

收 留

坐在屋内　看风景

窗外　银杏叶落满一地

以往　只是画风景

今日　这风景　才是我的

萧瑟的小院

比往昔　多了几分妩媚

墙角　一树火红的山楂

迎风期待　远道而来的流浪者

走出　这暖融融的宅院

我陪你一起

去大漠里行走

从彩霞满天　走进寂寂黑夜

从月满西楼　走到黄河日落

流浪的河流　有大海收留

流浪的月亮　有天空收留

无论　你流浪到何方

请记住：你　有我收留

该冷却了

该冷却了
爱之火
已经燃烧两年零三天
田园荒芜
精神恍惚

该冷却了
蓦然发现
所有的诗歌
已被爱情喂饱

该冷却了
不主动和他联系
第三天了
创造了新的纪录

该冷却了
遇冷后的热气球
缓缓回到坚实的土地

该
冷
却
了

· 221 ·

寻

写给卡夫卡

穿越百年
你我的孤独　终于相遇

疼痛开出花来　成了文字
人　变成了　一只大甲虫

孤寂　虚无和绝望
在殉道式的　写作中
渐渐消逝

终其一生
游离于世间所有的苦与乐
唯有　孤独永恒

绝不跪着去爱你

我绝不　跪着去爱你
站着的
不只是美丽的身躯
是旺盛的生命力
是高高扬起
久久仰望星空的孤傲
是柔弱的手指
敲击键盘的乐音
是湖水般的娴静与祥和

是对爱　对美的竭力挽留
对真理　对宇宙永不停歇的探索

我绝不　跪着去爱你
哪怕你是君王
是星辰　是高高在上的天空
我也要站着
去亲吻你的额头

有这样一种爱

有这样一种爱

没有形状　颜色　和温度

没有渴求　没有欲望　只是爱

她　来自浩瀚的天空

遥远神圣　不可触摸

在风雨飘摇的黄昏

在风雨飘摇的黄昏
你走向我
越过　云海　山川　尘世灯火
你走进　我的生命

不可思议——两个漂泊的人
心有灵犀——穿越这层层迷雾

经历多少风雨
我才终于迎来了你

空荡荡的座位上　我看见了你
在你幽深的眼里　我找到了天空

亲爱的　一起去　流浪吧
无论　去戈壁　还是大漠

此刻　凌晨四点二十分　就这样醒着
慢慢消化　这段奇异得难以置信的幸福

对着镜子微笑

离群索居
并不会减少这个世界的荒谬

孤独
也不是通往神性的必经之路

你要对着镜子微笑
无论何时　都要微笑

忧伤　并不能阻止樱花的飘落
更无法　改变人间的悲欢离合

尝试着赞美这个残缺的世界
包括　它的魔幻　荒诞　孤寂与虚无

你　到底在寻找什么

一路青山　江江河河

从大漠戈壁到茫茫雪山
从江南古镇到离离草原
从但丁故居　到查家湾麦地

地狱—人间—天堂
行走—漂泊—流浪

从一个维度　到另一个维度
从一个星球　到另一个星球
从一个宇宙　到另一个宇宙
一个声音在不停地　追问：
你　到底在寻找什么

你　到底在寻找什么

寻

致敬某位作家

用半生的漂泊
你找到了你的道路
你选择了更诱人的一条
在　人迹罕至的路途　跋涉着
用一支孤笔
记录人间的悲欢离合
透过　山野的风光
见证了　一个时代的苍凉

你属于　乡野　和湖泊
也属于　天空
那些　尘土中卑微的生命
在你的笔下复活

你披星戴月　一路颠簸
行走在属于你的道路
被道路　诱惑着
被道路　鞭打着

你的人生　是一部小说
也是　一首诗歌
是　艾略特的　四月

帕斯捷尔纳克的二月

这　不是劫难
这　是命数

寻

爱

我的心　爱着世界

我爱这珍贵的雨水

珍贵的音乐

我爱这双飞的蝴蝶

我爱阳光下奔跑的少年

我爱断桥的残雪

我爱雷峰塔下的白蛇

我爱埃斯米拉达的歌声

我爱　石林千年的暮色

我爱　屈原　李白

我爱　歌德　但丁　尼采

我爱　唐诗宋词

我爱　《圣经》《神曲》

我爱　长城　故宫

我爱　吴哥窟　泰姬陵

我的心　爱着世界

我　爱美丽的诗句

我爱　所有的生灵

我爱　这熊熊的火焰

我爱　这珍贵的人间

树洞里的孩子

某棵树上
住着一个孩子
一个对世界　适应不良的孩子
树洞　像一座金色的孤岛

秋天来了
树洞里的孩子
睁开　大大的眼睛
等待　等待清风　等待飞鸟

在夜里
她在轻轻歌唱
一颗星星　悄然坠地
化作　满地的花朵

寻　找

经历　怎样跌宕起伏的人生
脉管里的疼痛　才能　喷薄而出

经历多少次深夜痛哭
笔下的文字　才能让人欲哭不能

真实的写作
如树叶长在　树上一样自然

自由的灵魂
游走于　江河湖海

有的人　来到世上
携带　神祇的烛火

无法　保持缄默
无法　遏制脉管里　血液的奔涌
哪怕　生来　是一片海洋
也要　伸手去触摸天空

一排排书架　整齐有序
在徐志摩　汪曾祺　朱自清中

我在寻找　寻找着你

遍寻无果
难以名状的惆怅
弥漫在　空荡荡的店堂

或许　你就藏在　某本书中
告诉我——
什么是　真实　自由　和勇气

寻
找

寻

绝 望

穷其一生
也只能　活在云端

我的血液

我的血液
不只是红色
它包含一切颜色

我的心脏
不只是跳跃
而是被一只巨大的手在挤压
所有的爱与能量
喷薄而出
随着血液　在奔涌

一切皆是天意

一切皆是天意
从瓯江　到黄浦江
一次转身　即是天涯

倦鸟　挣脱牢笼
落花　急需　流入海洋
脉管里的血液　剧烈地燃烧　燃烧
树林中的层层蛛网　在摇晃

没有什么可以阻挡
海浪冲垮堤岸　奔泻千里
没有什么可以阻挡
一树梅花
在冬雪中　傲然绽放
一幅美好的画卷　在徐徐展开
续写新的传奇

来自宇宙的孩子
振翅欲飞　飞向更辽阔的天空

一只眼睛　留给东方的黎明
一只眼睛　留给幽深的海洋

你总有爱我的一天（仿勃朗宁夫人）

你总有爱我的一天
我能等　等你的爱　渐渐生长
就像窗台　这株墨兰
静静地　幽幽地绽放

最遥远的距离
不是鱼与飞鸟的距离
是大海的蔚蓝
爱上了　天空的蔚蓝

如果　有一天
飘零的树叶　流浪远方

你会不会　看一眼爱的遗迹
——这首模仿勃朗宁夫人的诗

你的那一眼
让远方的我　不再忧伤

死有何妨
大海将灵魂　寄给天空
天空　便拥有了　和大海同样的蔚蓝

· 237 ·

无论我怎样爱你

无论我怎样爱你
都是一种克制的爱
一种辽阔的爱
就像海洋爱上了天空

无论我怎样爱你
都是一种敬仰之爱
一种敬畏之爱
一种高贵的爱
绝不会　跪着去爱你

无论我怎样爱你
都是一种无欲无求的爱
我爱你　与你无关
我的爱不会枯萎

无论我怎样爱你
都是一种默默的爱
潜伏于　灵魂深处的爱
我会用余生的诗句
来诠释其含义

不要哭　宇宙的孩子

不要哭

宇宙的孩子

所有的黑夜

所有的孤寂

所有的疼痛

都将　化作那块巨石

去爱　他们吧

让你的血液　保持炽热

献出　你所有的爱

将灵魂　注入其中

你终将　赢得万物之爱

你以为

你以为
地铁　高架桥　钢筋水泥　埋葬了诗意
人性的丑陋　可以扼杀幼稚的诗人
你以为　你已经胜利

你以为
羞辱　一朵镜中的落花
流放　一只笼中的小鸟
就可以高高举起庆贺的酒杯

你瞧
窗台的黄玫瑰　迎风绽放
三盆富贵竹　在瓶中恣意生长

只要　阳光　还能透过窗帷
只要　夜空的星辰　闪耀如昔
哪怕坠落山谷　也会化作美丽的诗句

只要　青草　还在呼吸
只要　爱情　还没有彻底消亡
只要　人类　还在生　还在死
诗意　就会　在夜空　悄悄燃起

灾　难

你可以摧毁房屋
摧毁铁路
摧毁一切建筑

你可以摧毁庄稼
摧毁生命
摧毁一切生灵

你也可以摧毁伦理
摧毁法律
摧毁一切社会秩序

你甚至连最后一枝玫瑰　也不放过

然而
你无法摧毁
黑夜中　这残余的一点点诗意

我能不能少爱你一点

我能不能少爱你一点
那样　此刻就可以安然入睡
我能不能少爱你一点
那样　就不会像傻子一样
傻笑不停
我能不能少爱你一点
心脏就不会总是怦怦乱跳
爱得田园荒芜

自从相遇
世间所有的一切
都变成了你
你是天空　天空是你
你是音乐　音乐是你

你浑身闪耀着爱的光芒
笼罩着一切

我能不能少爱你一点
那样　我就可以平凡地度过此生

当所有的河流皆被污染

当　所有的河流　皆被污染
当　所有的星辰　都在沉默
当　所有的一切　都成了商品
连爱情　也待价而沽　等待出售

当高贵的灵魂　一文不值
商业　在羞辱诗意
飞鸟的翅膀　缀满黄金
墓碑　也镶满钻石
而你　却在抬头望月
怜惜　那一轮流浪的孤月

当所有的河流皆被污染

在海子墓前

无须用华丽的辞藻　赞美你

你就是——这墓前的碑石

是石头和泥土的混合体

你不是太阳

不是诗歌的伤口

是一株火红的山楂树

在无数个黑夜

举起火把　将自己的身躯点燃

把大地和河流烧得旋转

烧掉了自己的血肉

打开一扇通向未来诗歌之门

今天，飞越长江

穿过山林狭窄的小径

我来到了你的墓前

乌鸦在恐怖地鸣叫

一个美丽的黑衣女子

就这样静静地坐着

诗人，请停下流浪的脚步

走出这——重重石门

和我一起

坐在如水的月光下
等待黎明从大地升起
等待太阳的火焰涌入天空

在海子墓前

寻找海子

走吧，去寻找海子
去寻找心中的那盏灯
你瞧，他在山海关的枕木下——
孤独沉睡
遗落的那只白鞋子
渗出殷红的血迹
那是诗人留下的生命记忆；

走吧，去寻找海子
去寻找心中的那盏灯
他正在查家湾的麦地里
赤脚奔跑
像孩子一样憨笑
追问着太阳和大地
他是孤独的泉水中——
沉睡的鹿王
他是幸福的闪电
他是诗歌的伤口
诗词和麦芒
在星空下闪耀不定

走吧，去寻找海子

去寻找那灰蓝色的生命之湖
他就在湖的彼岸
和灯光一样明媚
他在远方
在青稞地
像高原的云
布满整个天空

走吧，春天
让我们去寻找海子
去寻找心中的那盏灯

寻
找
海
子

如果　你来看我

如果你来看我
我不会将庭院的落叶
清扫干净
我要让一切自然的痕迹
保留
包括瓶中这枝干枯的玫瑰

我要走出家门
带你去　某个僻静的山村
体验收割水稻的快乐
任脸颊晒得通红
在田间小道
我们一起
晾晒刚刚收割的谷物
我们谈笑
我们遐想
我们一起　走进厨房
清洗　我们亲手采摘的蔬果

如果你来看我
我要洗去一切妆容
以最朴实的

面容

迎接你

我要　抛却一切非自然的

奢求　与　枷锁

将夜空　打扫得一尘不染

赤着脚

和你一起

去摘藤蔓上的　星星

如果

你来看我

遥远的星光

夜幕降临

漫步在山间的稻田里

我把眼睛沉入夜的眼睛

我看见　希望的羽翼

掖藏于紫罗兰的花瓣

我看见　遥远的星光

在富士山下　扑闪着翅膀

我看见　樱花　不再凋落

海洋中　一叶孤舟

在悄悄靠岸

在山间的稻田里

我身上所有的枷锁纷纷松脱

所有的祝愿在此刻抵达

我将眼睛潜入诗的眼睛

我看见　诗人们

将美妙的歌声掷向夜空

我看见　漂泊的人们

不再背井离乡

在贝多芬的乐曲中

我看见　一双眼睛

在闪亮

没有任何生灵　能像我这样爱你

没有任何生灵
能像我这样爱你
北方的天空　不能
校园的灯柱　不能
未名湖的月亮　也不能

没有任何生灵
能像我这样爱你
猫咪　足球　甚至手中的笔
都不能

没有任何生灵
像我一样
和你
共用　一颗心脏
共有　一颗灵魂

没有任何生灵　能像我这样爱你

这一年

这一年
从六岁孩童　终于长大成人
从云端　落到了地上

这一年
从一个地方流浪到另一个地方
用词语重构一个新的宇宙

这一年
遇见一场罕见大雪
住进了隔离酒店
核酸检测阴性

这一年
诗歌中用得最多的词
不是"寻找"　而是"荒诞"

这一年
隔着玻璃　远远地　想象着花谢花飞
最残忍的季节　何止　是四月

这一年
配不上我写的诗

不平静的春天

不平静的春天
泥土与河流　蠢蠢欲动

野花　长满山坡
黄昏的落日
独自徘徊于　地狱和天堂

不要感伤
卧入死神的那一刻
大门　已经关上

不要感伤
卓著的悲剧
暴戾如绽放的烟花

在永生之前
你　站在高高的山冈
一辆辆列车　驶过　平静的家园

十颗灵魂

一股暖流
在体内升腾　升腾
一种巨大的能量　在聚集

背上行囊
洗去屈辱的泪水
踏上追日的旅途

这是一场值得铭记的告别
该祝贺　而不是忧伤
亲爱的朋友
举杯畅饮吧
祝贺　海市蜃楼的幻灭
祝贺　一切虚伪　在阳光下遁形

祝贺　一次成长　诞生了十颗灵魂
一颗用来对抗
一颗用来逃离
一颗用来忍耐
一颗用来突围
一颗是黛玉的眼泪
一颗是梵高的向日葵

一颗被关进栅栏
一颗在夜空不停游荡
大雪纷飞

十
颗
灵
魂

遗忘　胜于绝望

无论怎样打击诗意
是玫瑰　总会开花的

无论　流下多少屈辱的泪水
也要留住这条命
毕竟　还没有资格就这样死去

不管是真实　还是幻象
是丰盈　还是虚无
是无限　还是有限
遗忘　胜于绝望

对　话

这是真的吗——是的
这是幻觉吗——不是的
这已经发生了吗——是的
这不可避免吗——是的
这是偶然发生的吗——是的／不是的
这毫无逻辑地发生了——是的，毫无逻辑
这难道不荒谬吗——是的　荒谬
你确定　你不是在梦中——是的　我确定
不觉得这有点莫名其妙吗——是的　莫名其妙
你是不是长大了——是的　瞬间长大了

重构一个宇宙

用词语　重构一个宇宙
一个　简单　透明的　宇宙
没有饥荒　战争　疫病
没有欺诈　伪善　算计
黑夜的遗骸　在渐渐消逝

这样一个新的宇宙
从冰雪中走来
美的种子　在发芽
爱的火焰　在燃烧
人间的冷漠　残缺与荒谬
无处可逃

这样一个诗意的宇宙
在麦穗中　诞生

逝去的生命
在暴雨后的泥泞中——复活

致博尔赫斯

你的眼睛
直视过太阳
仰望过孤月
你冷冷地　燃烧
独自　在荒漠

你反复　在镜中窥见
夜晚　荒郊　破败的街道
窥见
玫瑰　狼群　月亮和篝火

如今　你已死去

你的黄玫瑰
你的金色黄昏
你歌唱过的布宜诺斯艾利斯
未能留住你

你的男子汉气概
你珍爱的图书馆
你对诗歌的魂牵梦萦
未能留住你

寻

宇宙的历史　仍在继续
星球仍在运转
今晚的月亮
仍将照耀在爱丁堡的夜空

天国的你
或已重获光明
却已无关紧要
因为　你是诗人

幸　好

幸好　枝叶还未完全枯萎
只须挪动位置　重置阳光下
就能绽放　美丽之花

幸好　翅膀还未完全折断
稍作休憩　就能再次翱翔

幸好　海水还未完全枯竭
一场暴雨　从天而降
每一滴雨　又是一片新的海洋

幸好　淤泥还未漫过头顶
只要　一息尚存
就能抵达梦中的远方

幸好　有这么一次成长
血液中的火焰
开始点燃
一股强劲的生命力　在喷发

冥冥之中
有一种神奇的力量
在改变　江河的流向

告 别

当高贵　遇见卑鄙——
一场告别　在所难免
冰雪消融
飞鸟　告别牢笼
白荷　告别淤泥
寂静　告别狂暴
无限　告别有限

血液里的火焰　在告别躯体
久久凝视
跪着凝视
每一个面具下
藏着的是什么　是黎明　还是黑夜

失去的是什么
是岁月　是一道光　是瓶中那束枯萎的玫瑰
得到的是什么
是广阔的空间　永恒的平静
是梅花的香气

是逃离　抑或　告别
我们路过　以告别的姿态路过

像一阵风　一去不返
我们转身　抑或逗留
瞬间　抑或永恒

告
别

希 望

一声巨响
用灵魂呵护的童话世界　轰然倒塌

淤泥漫过胸腔　漫过嘴唇
阴霾笼罩

冰雪　在摧毁残余的诗意
手中的笔　越来越沉重
不知　燃烧多少首诗
才能点亮　这愈来愈漆黑的夜
需要承受多少极致的疼痛
才能从黑暗中突围　向死而生
需要多么强大的生命力
才能在一个无诗的时代
苟延残喘

如果　写诗是一种堕落
那就　继续堕落

如果　写诗是在对抗人类所有的有限
那就　继续对抗
用病态的执着　旺盛的生命力
去缔造　新的希望

是一条鱼　却想做一只鸟

是一条鱼

却想做一只鸟

是一条飞瀑

却成了一团火焰

是一片落叶

却变成了一朵云

不是鸟

却　依恋着天空

不是黑夜

却　成为黑夜的一部分

是一条鱼　却想做一只鸟

那个人

那个人

是　一朵云

是　流浪的月亮

抑或是一株苹果树

那个人

是　一个词语

是　一块碑石

或是　一座神奇的迷宫

他让我

忘记　秋叶哀鸣时发出的簌簌声

忘记　天空的玫瑰　只是幻影

忘记　身处果壳　黑夜寂寂　枷锁重重

忘记　寒风中的墓地　那双张开的手臂　空空

忘记　葬花的黛玉

忘记　残红遍地　飞絮浮尘

忘记　海棠的颜色和梅花的香气

忘记　西湖的橹声　和岩石上栖息的那两只水鸟

那个人

是一条河流

是一个孤独的幽梦
或是　天使居住的天空

他赐予我　三种幸福
诗歌　流浪　爱情

那
个
人

无　题

幸好　秋天到春天　还有一段距离

有一种遇见　不可避免
即使　是错误　也是一种美

莫名地　流泪
毫无逻辑地　失眠

夜空　一道闪电划破天际
桌上的绿萝　在微微战栗

这 就是最美的生活

我　多么希望
和你一起生活　在某个山村

一片竹林
一间小木屋
几株香槟玫瑰　在阳光下闪耀
蝴蝶　在花丛　飞舞
猫咪　在门槛上　打着盹

清晨　我从窗口眺望
等候　鸟儿掠过屋檐
捡拾　几片飘落的羽毛
再去丛林
采撷一枝最美的玫瑰
摆放在餐桌
等待　你醒来的第一抹微笑

黄昏　我们牵手
走在　那条熟悉的山路
一起朗读　茨维塔耶娃的诗歌
——《我想和你一起生活》
笑声　伴着夕阳的余晖

寻

染红了整个天空

远处　小木屋　炊烟袅袅
饭菜的焦味飘来
我们　哑然失笑
狂奔着　冲向厨房
这——就是最美的生活

我是怎样地爱你（仿勃朗宁夫人）

我是怎样地爱你
世上最美的爱情诗
也无法表达千万分之一
蒲石之恋
梁祝之爱
也不过如此

我默默地　毫无所求地爱你
犹如飞蛾向往星星

我爱你　一生不倦　终生无悔
即使　我们来自不同的星球
魔镜　早已将我们永远隔离
我也要勇敢地
将祝福和爱意　刻在镜框之上
大胆地　告知所有生灵——
我爱你不息

清晨　眺望远方
夜晚　仰望星空
绝不放过　任何一只迁徙的鸟儿
捎去　相思的信息

我是怎样地爱你（仿勃朗宁夫人）

寻

我爱你　不息
以虔诚　以灵魂　以整个的生命
我爱你　是如此广阔
用我整个的生命　去追逐黎明
用我生命的燃烧　去探索真理
用我一生的疼痛　去谱写人世间最美的爱情

你是我的另一颗灵魂
魔镜和死亡
只能分离我们的躯体

爱的灵魂　却永远　紧紧相依

苹果的故事

仅凭一只苹果
塞尚　震惊了巴黎
震惊了毕加索
莫迪利亚尼

伊甸园的苹果
画布上的苹果
果园里的苹果
实验室的苹果
你我手中的苹果

一个
诱惑了夏娃
一个
引发了特洛伊战争
一个
不小心砸到牛顿的头顶
一个
夺去了　图灵的命
一个
握在　乔布斯的手中

寻

苹果　不只是苹果
苹果的故事
还在继续

传说中
十个苹果
就能引诱一个姑娘
幸福之人
用　廉价的苹果
就能　获得爱情

记忆的永恒

一片死寂的沙滩上
一棵枯死的树
一个爬满蚂蚁的金属盘子
三只钟表
软软地
挂在枯树枝上
或搭在平台边缘
或披在怪物的背上

这一刻　时间扭曲了
时间　不再疯狂流逝

达利用其天才的想象力
留下这　记忆的永恒
对抗着时间的荒谬

时间是多么累赘
或许　是人类最愚蠢的发明

从日晷、刻漏、沙漏、灯漏
到钟表
这些不断演变的日益精准的计时仪
在残酷地丈量着　我们
从出生到死亡的距离

有这样一种爱

有这样一种爱
她　来自千里之外
与距离　年龄　爱情无关

她　毫无逻辑地
发生在你的生命中
就像夏日突降的暴雨
让你无处可逃

她　牵挂着　担忧着
祝福着　心疼着
远方的你

她　无欲无求
纯粹得　如同珠峰的积雪

她　只想变成一剂良药
治愈世间一切病痛

她　只想化身天使
将你赋予人间的爱
悉数回馈给你

她　只想抓住时光
让你永远不再老去

自从相遇

自从相遇　失魂落魄
田园荒芜　恍如隔世

当我想你的时候
一股洪流　在胸中涌动
可怜的心
快要溺死在爱河之中

分不清　清晨还是夜晚
分不清　你是你　还是你是我

哦　心啊
离开他片刻
离开这些幻觉
随我走进　春天的果园

月　夜

整个——夜空——布满
月亮爬行的影子
有多少思绪
悬挂于今晚的天空

我走到窗前：微风吹拂
我眺望远方：满天繁星
月亮停留在高高的屋顶

我细细地聆听：
河水在流动
秋叶在飘零

夜风在吹：栋栋高楼　一动不动
夜风在吹：吹起一地落叶
纷纷扰扰

就这样　凝视着夜空
就这样　数着星星

很快：　凌晨来临
很快：　灵感来临

如果爱已经足够

又一次写这首诗
只因心中的爱
总是绵绵不绝
就像正在流动的河水

如果爱已经足够
秋天的落叶
是不是会停止飘零
秋风就能吹走笼罩于大地的阴霾
人们心中的不安也将随风而逝

如果爱已经足够
心中流淌的爱意
会不会流经你的门前
给你带来一丝丝暖意

如果爱已经足够
我们一直追寻的永恒
是否会真的出现

落花总想留住流水
秋风总想留住秋天

而我　用什么才能留住你

如果爱已经足够

这　就是爱情

这就是爱情
无须怀疑
爱情　悄然而至
一片片飘零的树叶
在迎接秋日的来临

一只小兔　躺在树下
一只苹果　落在头顶
——这　就是爱情

匍匐于大地
从泥土　微微的颤动中
聆听　你的心跳

抬头遥望北方
千里之外　玫瑰的芬芳
正在　越过窗帷

无须　说出——我爱你
默默地　呼唤你的名字
你就会　穿越山川云海
来到我的梦里

两颗灵魂的相拥

任何一座山

任何一片海

都无法　将彼此隔离

这
就是爱情

文章憎命达

文章憎命达

难道，天才们都在劫难逃

想起　李白

想起　屈原

想起　帕斯捷尔纳克

……

重读一遍《要死就一定要死在你手里》

重听一遍《要死就一定要死在你手里》

似乎　触摸到了诗人

粗糙而疼痛的肌肤

当我读过的诗汇成海洋

当我读过的诗　汇成海洋
狄金森　惠特曼　艾略特
海子　顾城　叶芝……
这海洋中的点点白帆
在蓝色的海岸　起航

这样的清晨
这样的黄昏
这样的夜晚
不再风雨交加

这里有朝露
这里有晚霞
这里有绝美的月光

当我读过的诗　汇成海洋
你的离去
不再带走　我所有的灵感

海洋中　希望的灯塔
如　洁白的柳絮
将寒夜的星空　点亮

荒芜

空旷的　沙滩上
没有一棵树

天空　海洋　黑夜
一望无际的　荒芜

不是有星光
有船只　和月亮
还有云雾缭绕的远方吗

一人的荒芜
一夜的荒芜
沉默不语的　荒芜

情人节　不是又到了吗
不是有玫瑰
有汽车和楼房吗

遥远的涛声
是呼吸　还是心跳

黛玉埋葬的

是落花　还是虚无

空旷的沙滩上
没有一棵树

此刻　你处于虚无的中心
你的诗歌　你的爱情　救不了你
你的　远方的远方　救不了你

荒

芜

寻

夜 里

无论　世界多么荒谬
迷茫和怀疑　始终相伴

哪怕　现实的荒诞
人间的苦痛
超出大胆的幻想

我也不能赤裸裸地生活
要用智慧和灵魂将生命来包裹

在　这么美的夜晚
离群索居者　走进夜的内心

诗歌和青草
在夜里　悄悄生长

灯下疲倦的身影
美丽而静谧
平静如一尊石像

一行行诗句
爬满整个书桌

该离去的离去
该复活的复活

那些关于太阳、爱情和生命的诗歌
在星光下　缓缓流出
铺满大地和江河

夜

里

在夜风中　独自飘摇

还未开始写
仅仅只是打开电脑
就已泪眼婆娑

幸　抑或不幸
我只是这个时代　芸芸众生中的一个

多年的离群索居
多年的迷茫彷徨
多年的挣扎求索

如一条孤独的溪涧
不停地寻找　大海的入口

如一个虔诚的信徒　不倦地跋涉
寻找　一座或许根本就不存在的庙宇

如夜空这轮　久久不愿离去的孤月
以清冷的光辉
照着　家乡这条大江

如夜空一道闪电

以积聚已久的爆发力
划破　这个时代的冰河

一座座　金黄色的墓碑
在夕阳下闪耀
而我　只是一株野草
带着原始的气息
囚禁于　黑夜与黎明之间

当　一片片华美的秋叶落尽
当一切的喧嚣逝去
这株　与时代格格不入的野草
或许　会在　夜风中　独自飘摇

在夜风中　独自飘摇

图书在版编目（ＣＩＰ）数据

寻 / 岸芷著 . —北京：北京燕山出版社，2022.8
ISBN 978-7-5402-6543-4

Ⅰ . ①寻… Ⅱ . ①岸… Ⅲ . ①诗集—中国—当代
Ⅳ . ① I227

中国版本图书馆 CIP 数据核字 (2022) 第 081736 号

寻

著　　者：岸　芷
责任编辑：王月佳
出版发行：北京燕山出版社有限公司
社　　址：北京市丰台区东铁匠营苇子坑 138 号 C 座
电　　话：010-65240430（总编室）
印　　刷：廊坊市海涛印刷有限公司
开　　本：889mm×1194mm　1/32
字　　数：227 千字
印　　张：9.75
版　　次：2022 年 8 月第 1 版
印　　次：2022 年 8 月第 1 次印刷
定　　价：49.00 元